www.tredition.de

AF203281

Birgit Natale-Weber

Folie à deux

Erotikroman

www.tredition.de

© 2017 Birgit Natale-Weber

Verlag und Druck: tredition GmbH, Grindelallee
188, 20144 Hamburg

ISBN
Paperback: 978-3-7439-5851-7
Hardcover: 978-3-7439-5852-4
e-Book: 978-3-7439-5853-1

www.tredition.de

Das Buch

"Prosecco oder stilles Wasser – wie prickelnd ist unsere Partnerschaft? Als sich Lea (39) und Moritz (41) sich diese Frage stellen, wird ihnen bewusst, dass sie nach 16 Ehejahren und der Erziehung zweier pubertärer Töchter den Tiefpunkt ihres Liebeslebens erreicht haben.

Mit viel Mut, Neugierde und einer gehörigen Portion Ehrlichkeit, beginnen sie, gemeinsam ihren erotischen Phantasien freien Lauf zu lassen. Die Allmacht unanständiger Gedanken hat sie in den Bann gezogen und so tauchen sie ein, in die frivole Welt sinnlicher Willenlosigkeit.

Die Autorin

Birgit Natale-Weber, 1964 in Bad Vilbel geboren, begleitet Paare als Beziehungsexpertin auf ihrem Weg in eine glücklichere Beziehung. Authentisch, feinfühlig, mit klaren Worten und jeder Menge Humor.

Sie schreibt Kolumnen u.a. für die Fachzeitschrift freundin zu den Themen Partnerschaft, Liebe und Beziehung.

Birgit Natale-Weber

***

Folie à deux

Erotikroman

www.tredition.de

Verlag und Druck: tredition GmbH, Grindelallee 188,
20144 Hamburg

ISBN
Paperback: 978-3-7439-5851-7
Hardcover: 978-3-7439-5852-4
e-Book: 978-3-7439-5853-1

Inhaltsverzeichnis

Verbotene Gedanken

Das ganze Haus bebt, als die Tür ins Schloss fällt. Unsere jüngste Tochter Charlotte, von der Familie liebevoll „Charly" genannt, hat mal wieder einen Tobsuchtsanfall. Es ist nichts Außergewöhnliches, wenn sie pubertäre Anfälle bekommt. Deshalb atme ich immer tief durch und mache das, was meine Yoga-Lehrerin seit Jahren immer wieder predigt: „Lernt, in gestressten Situationen in die Ruhe zu kommen. Sucht euch einen geeigneten Platz, atmet tief ein und aus. Inhale – Exhale."

Das ist einfacher gesagt, als getan. Kaum habe ich mich von meiner Tochter, diesem Monster, abgeseilt, klingelt das Handy und meine Kollegin Sophia sucht entnervt die unterzeichnete Auftragsbestätigung unseres gemeinsamen Neukunden.

Vor drei Jahren wagte ich den beruflichen Wiedereinstieg. Ich kehrte stundenweise zu meinem ehemaligen Arbeitgeber, einer Werbeagentur in Frankfurt, als Texterin zurück. Die Arbeit macht großen Spaß und ich genieße die Anerkennung meiner Kollegen.

Trotzdem steht das Hamsterrad des Alltags nie still. Manchmal habe ich das Gefühl, mein Leben rennt an mir vorbei. Besonders wenn Moritz - wie jetzt gerade

- für einige Tage auf Geschäftsreise ist, wird es mir manchmal zu viel.

„Mmh", seufzend setze ich mich an unseren Bistrotisch, der den Küchenbereich vom Wohnzimmer trennt und versuche ein wenig abzuschalten. In meinem Kopf herrscht Gehirnschlamassel.

***

„Ja, ich will!" Als ich, Lea Neuberger, im jungen Alter von 23 Jahren heiratete, offerierten mir meine Schmetterlinge im Bauch ein Leben voller Liebe, Lust und Leidenschaft. Moritz war mein Traummann und ich war über beide Ohren in ihn verliebt.

Wir begegneten uns auf einem Seminar, das uns neue „Einblicke in das Konsumverhalten moderner Kunden" geben sollte. Ich war alleine aus unserer Agentur angereist, blickte bei meiner Ankunft etwas verunsichert in die Teilnehmerrunde.

Süßer Typ, dachte ich als ich Moritz das erste Mal sah. Er stand zusammen mit anderen im Foyer des Konferenzbereichs, lachte und unterhielt sich scheinbar angeregt mit einigen Frauen. Seine warmen braunen Augen fesselten mich sofort, ich mochte sein charmantes Lächeln. Mehrmals schaute ich zu ihm herüber, hoffte, dass er mich wahrnimmt.

Tatsächlich. Ich sollte belohnt werden. Er löste sich plötzlich aus der Gruppe und kam direkt auf mich zu. Nervös musterte ich ihn. Seine männliche Ausstrahlung war nicht zu übersehen. Die Quälerei im Fitness-Studio – wie er mir später verriet – hatte Früchte getragen. Seine muskulösen Oberarme und seine breite Brust, über die sich sein tailliertes Hemd straffte, beeindruckten mich. Sein knackiger Po entging nicht meiner Aufmerksamkeit, mein Körper reagierte sofort auf seinen Sex-Appeal, es bitzelte von den Haarspitzen bis zu den Füßen.

„Darf ich mich vorstellen, mein Name ist Moritz Neuberger", lächelnd streckte er mir seine Hand entgegen. Beim Klang seines dunklen Timbres spürte ich Gänsehaut auf meinem Körper. Dieser Satz reichte völlig aus, um mich wie Butter in der Sonne schmelzen zu lassen.

„Hallo", stammelte ich, „ich bin Lea Müller von der Werbeagentur Hohenstein."

Es dauerte einige Sekunden bis ich meine Stimme wiederfand, versuchte, unserem Gespräch so ruhig wie möglich zu folgen. Ich weiß bis heute nicht, ob er damals meine Unsicherheit bemerkte.

Wir verabredeten uns für den Abend an der Hotel-bar. Obwohl mich seine selbstverständliche Gelas-senheit im Moment meiner Zusage störte, hörte ich meine innere Stimme:

Er ist sehr attraktiv und charmant. Geh mit ihm aus und lerne ihn kennen.

„Zwei Gläser Champagner, bitte!"

Im blauen Business Kostüm, dessen Rock meine schönen Beine betonte, saßen wir an der Bar und re-deten über Gott und die Welt. Meine weiße Bluse hatte ich gerade so weit geöffnet, dass die Spitze mei-nes Push-Ups zu sehen war. Interessiert saß ich ihm gegenüber, lauschte seinen Worten.

Immer wenn sich unsere Blicke trafen, schlug mein Herz bis zum Hals.

Noch niemals zuvor hatte mich ein Mann derart aus der Fassung gebracht. Er hatte Humor, Charme und sehr gute Manieren. Für sein junges Alter von fünf-undzwanzig Jahren eine eher ungewöhnliche Eigen-schaft. Auf keinen Fall wollte ich mich ihm an den Hals werfen, schließlich war er ein Fremder.

Was er wohl von mir wollte? Sah er in mir nur eine schnelle Beute für einen One-Night-Stand?

Keine Frage, er war sexy und attraktiv und meine innere Stimme befahl, endlich mit ihm aufs Zimmer zu verschwinden.

Lea, du willst ihn. Nein, erst denken, dann handeln!

Mein Verstand gewann das Duell.

Ich bin keine Frau für eine Nacht, stellte ich mir selbst gegenüber klar. Und schon gar nicht mit einem wildfremden Mann, der mich allein mit seinem Blick durcheinanderbringt.

***

„Mama, wir müssen los zum Reiten!", reißt mich Annabelle aus meinen Gedanken.

„Ja mein Schatz, ich komme", seufzend spring ich auf, schnappe meine Handtasche und folge Annabelle zum Auto.

Der Reiterhof liegt außerhalb im Taunus, Annabelle ist darauf angewiesen, von mir gefahren zu werden - Shuttle Service Mama. Seit Jahren geht das so. Zwei Töchter, zwei Hobbies. Es ist schwierig, seinen Kindern Wünsche abzuschlagen, ihren Anforderungen zu genügen.

Nur einmal haben Moritz und ich es tatsächlich geschafft, uns durchzusetzen. Charly und Annabelle hatten sich gegen uns verschworen und wollten partout einen Hund.

„Nein niemals, ich bin doch nicht euer Mädchen für alles", streikte ich.

Nach endlosen Diskussionen schlossen wir einen Deal. Erst wenn beide es schaffen, regelmäßig ihre Zimmer in Ordnung zu halten, sind neue Verhandlungen möglich, vereinbarten wir. Moritz und ich gewannen, denn wie das Leben so spielt, schafften sie es beide in den darauffolgenden Jahren nicht. Das Thema Hund war irgendwann vom Tisch.

Auf dem Reiterhof angekommen, winkt Annabelle von weitem ihrem neuen Reitlehrer Alex zu, kann es kaum erwarten, Richtung Reitstall zu verschwinden. Begeistert hat sie mir von ihm vorgeschwärmt und ich bin sehr gespannt, wie lange sie mit ihm klar kommt.

„Guten Tag Frau Neuberger, was darf ich Ihnen bringen?"

Lena, die junge Studentin, begrüßt mich herzlich auf der Sonnenterrasse des kleinen Hof-Cafés, das zusammen mit einem Bio-Markt direkt auf dem Reiterhof liegt.

Wie ich, überbrücken viele Eltern die Wartezeit im Café oder erledigen ihren Einkauf.

„Hallo Lena, ich hätte gerne einen Cappuccino und ein Stück von diesem leckeren Streuselkuchen, bitte."

Auf der Sonnenterrasse habe ich ein ruhiges Plätzchen gefunden und schaue meiner ältesten Tochter beim Reiten zu. Annabelle ähnelt ihrem Vater sehr. Sportlich elegant führt sie ihr Pferd souverän durch den Parcours.

***

Wieder muss ich daran denken, als Moritz und ich verliebt und ohne Verpflichtungen unsere Zeit als Liebespaar genossen.

Beim Verabschieden an der Hotelbar überreichte er mir damals seine Visitenkarte.

„Ich möchte dich gerne wiedersehen. Ruf mich an, wenn du willst", versuchte er mich, anzumachen.

Wow, damit hatte ich nicht gerechnet. Beeindruckt stand ich vor ihm, gab ihm aus Verlegenheit einen flüchtigen Kuss.

Natürlich ließ ich ihn einige Tage zappeln, länger hielt ich es aber nicht aus. Mein Verlangen, ihn wiederzusehen, steigerte sich auf ein solches Ausmaß, dass ich nach wenigen Tagen beschloss, ihn mir zu angeln.

Warum nicht, Lea? Nervös griff ich zum Telefonhörer.

„Guten Tag, Sie haben die Telefonnummer von Moritz Neuberger gewählt", meldete sich der Anrufbeantworter.

Mist, was jetzt?

„Hallo Moritz," stammelte ich auf Band.

„Ich würde gerne auf dein Angebot zurückkommen. Wenn du magst, ruf mich zurück. Ich bin jetzt erreichbar."

Wie ein Teenager muss ich geklungen haben. Mein Herz klopfte, meine Hände zitterten. Schluss Lea. Reiß dich zusammen.

Minuten später rief er zurück.

„Hallo Lea", seine Stimme zog mich magisch an, erstarrt hielt ich mein Handy fest, meine Hände begannen, zu schwitzen, „schön, dass du anrufst."

„Ja", stammelte ich.

„Hast du es dir noch einmal überlegt?"

Ja, Moritz. Ich bin heiß auf dich und will dich sehen. Deine

Blicke hypnotisieren mich, dein Körper erotisiert mich. Alles an dir lässt meine Vernunft über Bord werfen. Ich will dich schmecken, fühlen, küssen, dich in mir spüren!

Mit diesen unanständigen Gedanken im Kopf, antwortete ich brav:

„Ja, Moritz. Das habe ich."

Wir verabredeten uns für den nächsten Abend. Unendliche vierundzwanzig Stunden ließen meine Gefühle Kapriolen schlagen. Hin und hergerissen zwischen Vernunft und Begierde, dachte ich den ganzen Tag an nichts anderes.

Was ziehe ich bloß an? Im Schlafzimmer sah es aus, als hätte eine Bombe eingeschlagen. Röcke, Kleider, Hosen, Blusen – alles lag auf dem Bett. Nichts konnte meinem Anspruch gerecht werden. Erst als die Zeit drängte, wurde ich nervös und entschied mich für mein Lieblings-Outfit, von dem ich wusste, dass es meine Reize betonte:

Ein kurzer knallenger Rock, der sich wie eine zweite Haut über meinen süßen Po legte, passend dazu eine rote Bluse und hohe Pumps. Mein prüfender Blick im Spiegel bestätigte mir, dass mein Dekolleté genügend Einblick bot, um meine in einem Spitzen-BH verpackten Brüste ins rechte Licht zu rücken.

Lippenstift nachziehen, Lea! Stimmt.

Auf dem Parkplatz des Restaurants angekommen, holte ich schnell meinen knallroten Lippenstift aus der Tasche, wollte mein Make-up im Spiegel über-prüfen.

Plötzlich tauchte Moritz im Rückspiegel auf, lächelte mich an. Komm zu mir, schöne Frau. Ich will dich be-gehren, hier und jetzt, dich verführen und dich zu deinem Höhepunkt treiben…

Meine erotischen Phantasien waren nicht zu brem-sen.

Konzentration Lea, mahnte ich mich selbst.

***

„Toll siehst du aus, Lea.“

Moritz hatte ein geschmackvolles Restaurant ausge-sucht. Ungestört in einer kleinen Ecke, quatschten wir über alles Mögliche, lachten ausgelassen. Seine Blicke blieben immer wieder an meinen Ausschnitt haften.

Ich konnte seine Hände auf meiner Brust spüren, wie er mich langsam auszog und meinen ganzen Körper mit Küssen übersäte.

„Hast du Lust, auf einen Schluck Champagner bei mir?“

Der Abend war kurzweilig, die Zeit verging rasend schnell, nach Hause zu gehen war keine Option.

„Ja", sprudelte es aus mir heraus und meine heißen Gelüste galten nicht dem Kaffee.

Hemmungsloser Sex war die Folge dieser Nacht. Wild und leidenschaftlich fielen wir bei jeder erdenklichen Gelegenheit übereinander her, probierten alles aus, was uns in unserem jugendlichen Leichtsinn einfiel.

Immer wieder brachte er meinen Körper zum Beben, spielte mit meiner Scham. Geschwitzt, erschöpft, befriedigt – wir verlangten uns alles ab, erlebten diese Zeit wie im Rausch. Dann wurde ich schwanger.

***

„Ihre Tochter wird eine hervorragende Reiterin, Frau Neuberger."

„Wie bitte? Ach so, ja, das glaube ich auch", entgegne ich Alex, dem Reitlehrer.

In meinen Erinnerungen versunken, bemerke ich ihn zunächst nicht, als er plötzlich vor meinem Tisch steht. Ein attraktiver Mann, dieser Alex. Die Begeisterung meiner Tochter ist durchaus berechtigt. Obwohl er einige Jahre jünger als ich zu sein scheint, wirkt er sehr reif.

„Hallo Frau von Lichtenfels", grüßt er beim Vorbeigehen aufmerksam die Vorsitzende des ortsansässigen Reitvereins. Natürlich besitzt er die nötigen Manieren, die ein Reitlehrer in der vornehmen High-Society-Gesellschaft, die ein Reiterhof unweigerlich mit sich bringt, braucht.

Er sieht mich schmunzelnd an. Seine Blicke machen mich ein wenig verlegen, ich versuche, mir nichts anmerken zu lassen.

Sein charmantes Lächeln erinnert mich an Moritz, ich muss mir eingestehen, dass er einen gewissen Reiz auf mich ausübt.

„Wie soll denn der zukünftige Trainingsplan meiner Tochter aussehen?", frage ich ihn mit dem Hintergedanken, ihn öfter zu sehen.

Auf der Fahrt nach Hause gehen mir tausend Gedanken durch den Kopf. Annabelle sitzt neben mir, ist jedoch damit beschäftigt, ihrer besten Freundin Larissa wichtige Nachrichten zu schicken.

Ich habe nur die Funktion des Fahrers und so stelle ich das Radio lauter und frage mich, warum mich dieser Alex derart durcheinander bringt.

Was ist los mit mir? Ich liebe Moritz, daran gibt es keinen Zweifel. Aber wenn ich ehrlich bin, scheint das einst lodernde Feuer mit der Zeit auszugehen.

Wo ist bloß unsere anfängliche Leidenschaft geblieben, versuche ich mich zu erinnern. Eine Frage, über die Moritz und ich schon lange nicht mehr gesprochen haben.

***

Wenige Monate nach unserer Hochzeit kam Annabelle zur Welt. Zwei Jahre später Charly. Moritz erklomm als Marketing Manager die Karriereleiter, ich organisierte den Haushalt und das Familienleben.

Meine Karriere bestand im Laternen basteln, Färben der Ostereier oder das Organisieren ausgefallener Kindergeburtstage. Mein absolutes Highlight war die alljährliche Urlaubsplanung mit der besonderen Herausforderung, die Wünsche jedes einzelnen Familienmitglieds unter einen Hut zu bringen.

Es ist zwar nicht so, dass wir gar keinen Sex hätten. Allerdings erweist sich die Gestaltung unserer Zweisamkeit als äußerst schwierig. Ständig kommt etwas dazwischen.

Tja, Lea, war's das schon mit deinem spannenden Liebesleben? Was ist mit deinen Träumen und deinen Sehnsüchten? Willst du nicht mehr? Du bist attraktiv, hast viel zu geben - eine begehrliche Frau, die ihre Lust und Begierde ausleben will. Nimm dir, was du brauchst, schäme dich nicht. Dieser Teil in dir will gelebt werden. Schenke ihm die nötige Aufmerksamkeit.

***

„Mamaaaaa, es ist grün!", genervt lässt mich meine Tochter wissen, dass ich beim Autofahren bitte etwas aufmerksamer sein soll.

Aufgewühlt lege ich den ersten Gang ein und überquere die Kreuzung. An der Ampel erhasche ich ein junges Pärchen, das sich verliebt umarmt und zärtlich küsst, während die beiden auf Grün warten.

Lea, ändere endlich etwas, fordere ich mich im Stillen energisch auf. Sofort und am besten noch heute. Obwohl ich keinen blassen Schimmer habe, was das sein könnte, motiviert mich mein Vorhaben. Spontan lade ich Annabelle zu einem leckeren Amarena-Becher bei unserer Lieblings-Eisdiele um die Ecke ein – als wolle ich etwas feiern.

***

Es ist spät geworden. Die Kinder liegen im Bett, endlich kehrt Ruhe im Haus ein. Zeit für eine warme Dusche.

Mit lediglich zwei Handgriffen bin ich schnell ausgezogen, schnicke das Kleidergewusel zur Seite und springe unter die Dusche.

Herrlich, denke ich, als das frische und wohltuende Nass aus der Regendusche über meinen Körper rieselt. Der Duft des Zitronen-Duschgels erinnert mich an unseren letzten Urlaub in der Toskana.

Genüsslich schäume ich mich ein, halte mein Gesicht direkt unter den weichen Wasserstrahl und stelle mir vor, wie plötzlich zwei Hände von hinten sanft meine Brüste einseifen. Eine wohlige Wärme durchflutet meinen Unterleib. Ich stütze mich an der Wand ab und strecke meinen Po heraus. Ich bilde mir ein, leises Stöhnen zu hören, nackte Haut presst sich gegen meinen Rücken. Gleichzeitig packt mich eine Hand fest in den Haaren, die andere bahnt sich ihren Weg zwischen meine Schenkel. Ich kann meine Wollust nicht verbergen, stöhne leise.

Wer ist der Unbekannte? Ist mir egal, ich will mehr.

Seine pralle Manneskraft presst sich zwischen meine Pobacken. Ohne mich umzudrehen, greife ich zu -

mit festem Griff. Genüsslich lässt er seine Hand zwischen meine Schenkel gleiten. Ich will ihn spüren, jetzt.

Bewusst strecke ich ihm meinen Po hin, eine Einladung, die er nicht ablehnen kann.

Die Vorstellung, gerade von einem Fremden gevögelt zu werden, treibt mich zum Wahnsinn. Es dauert keine Minute, als ich mich in völliger Ekstase meinem heftigen Orgasmus hingebe. Ich fühle mich unendlich erleichtert.

Neugierig drehe ich mich um und stelle mir vor, es ist Alex, der Reitlehrer, der mich gerade in der Dusche vernascht hat.

Irritiert und geschockt, greife ich zum Badehandtuch, trockne mich ab und versuche angestrengt, mich neu zu sortieren.

Warum Alex und nicht Moritz? Natürlich habe ich ab und zu erotische Phantasien, träume von fremder, nackter Haut.

Was ist nur los mit dir, Lea?

Zu Beginn unserer Beziehung erzählte Moritz beim Sex ab und zu von seinen erotischen Träumen, fällt mir plötzlich ein. Sein Dirty Talk heizte mich mächtig an. Ich hielt mich allerdings immer zurück. Es fiel mir schwer, mit ihm offen über meine eigene Lust und mein Verlangen zu sprechen.

In diesem Moment wird mir bewusst, dass Moritz im Laufe der Zeit damit aufhörte.

Was ist mit uns passiert? Natürlich kamen die Kinder an erster Stelle. Irgendwann bat ich Moritz darum, beim Sex nicht so laut zu stöhnen, aus Angst, die Kinder könnten uns hören. Wir schliefen immer weniger miteinander und wenn, beschränkten wir uns ausschließlich auf Quickies.

Dass ich heute in der Dusche stehe und an andere Männer denke, beunruhigt mich.

Es wird Zeit, dass ich mit Moritz spreche, nehme ich mir zum zweiten Mal vor und schlafe ein.

***

Es ist Wochenende. Der Samstag steht im Zeichen der Hobbies unserer Töchter. Annabelle reitet ein Turnier, zu dem ich sie begleite, Moritz fährt mit Charly, die Rasen-Hockey spielt, zu einem Qualifikationsspiel.

„Toll siehst du aus, mein Schatz."

„Ach Moritz, das Kleid habe ich schon lange", bagatellisiere ich, als wir uns vor dem Haus verabschieden, „meldet euch, wenn ihr zurückfahrt, Tschüss."

„Sag mal Annabelle, ist Alex heute da?"

Überrascht blickt sie mich an: „Wieso willst du das wissen?"

„Ach, nur so. Es interessiert mich eben, wie ernst er es mit seinen Schützlingen meint. Ich finde es wichtig, dass er euch als Trainer während der Turniere motiviert."

„Das ist neu, Mama", widerspricht sie mir sofort, „bei dem alten Lehrer hat dich das nie interessiert. Warum also jetzt?"

Erschrocken schaue ich sie an. Sie hat recht, das hat mich früher tatsächlich nicht interessiert. Warum also jetzt? Irritiert parke ich das Auto auf dem Parkplatz des Reiterhofs.

„Hallo Frau Neuberger", höre ich Alex, der uns auf dem Weg zum Reitstall direkt in die Arme läuft.

„Hallo Alex. Schön, dass Sie die Zeit gefunden haben und heute meiner Tochter zuschauen", erwidere ich etwas geschwollen.

„Sehr gerne, Frau Neuberger. Übrigens, hübsches Kleid, steht Ihnen sehr gut."

„Finden Sie?", verlegen schaue ich ihn an, bedanke mich höflich für das Kompliment.

Sag mal, spinnst du, Lea? Vor einer Stunde hat Moritz das Gleiche gesagt und bei diesem jungen Kerl läufst du gleich rot an.

Auf einmal holt mich meine Phantasie in der Dusche ein. Herrlich, dieses Bitzeln, als mich fremde Hände berührten und über den Rücken streichelten.

„Gong", in diesem Moment ertönt eine Glocke und ich werde daran erinnert, dass ich auf einem wichtigen Reitturnier meiner Tochter bin. Jetzt aber schnell zur Zuschauertribüne.

***

Am Abend sind wir zum Grillen bei guten Freunden eingeladen. Annabelle ist mit ihrer besten Freundin auf dem Reiterhof geblieben und wird von deren Mutter später nach Hause gebracht.

Charly hat sich in ihrem Zimmer verkrochen und schmollt wegen ihres verschossenen Strafstoßes beim Hockey. Ich tröste sie und versichere, dass davon die Welt nicht untergehen wird.

„Komm mit zum Grillen. Da kannst du mit den anderen Kindern spielen. Das lenkt dich bestimmt ab", versuche ich, sie aufzumuntern.

Claudia und Michael wohnen in einem kleinen Vor-ort von Frankfurt. Das alleinstehende Haus ist wun-derschön gelegen, ruhig und dennoch mit guter Ver-kehrsanbindung. Als wir bei ihnen ankommen, rie-che ich den herrlichen Duft von Gegrilltem, mein Ma-gen beginnt zu knurren.

„Hallo Ihr zwei", begrüßt uns von weitem Lukas, der sich mit den anderen Männern um den Grill tummelt, „kommt zu uns rüber."

Lukas ist ein 50-Jähriger Hallodri, der alleine im gro-ßen Nachbarhaus wohnt und für seine vielen Frauen-besuche bekannt ist.

„Mit dem würde ich dich nicht ohne Weiteres alleine lassen", gestand mir Moritz, als wir ihn kennenlern-ten. Seine Eifersucht schmeichelte mir.

„Hallo Lea, wir sind hier", Claudia sitzt mit den an-deren Frauen auf der Terrasse, am sommerlich deko-rierten Tisch, der wie das Titelfoto der Living Home wirkt.

Charly rennt zu den Kindern im Garten, das sportli-che Drama des Vormittags scheint vergessen,

Yvonne, Patricia, Jenny, Christina, Alina, alle sind da und reden wild durcheinander. Küsschen links,

Küsschen rechts. Bis wir uns alle „Hallo" gesagt haben, sind gefühlt zwanzig Minuten vergangen.

„Sagt mal, habt ihr schon von Markus und Sonja gehört?", fragt Yvonne, die eher schüchtern und introvertiert ist.

Alle schauen sie erstaunt an, schütteln den Kopf.

„Die beiden haben sich getrennt. Angeblich hat sie einen Neuen. Arzt soll er sein, ebenfalls verheiratet und bereits zwei Kinder haben", klärt sie uns auf, „naja, sexuell lief ja schon längere Zeit nichts mehr zwischen den beiden."

„Woher weißt du das?", frage ich überrascht.

„Naja, ist doch meistens so", erwidert Jenny.

Sie ist der festen Überzeugung, dass es normal sei, nach vielen Ehejahren keinen oder nur wenig Sex zu haben.

„Bequemlichkeit siegt bei uns allen. Wer mir erzählen will, dass der Sex nach Jahren noch funktioniert, der lügt. Seien wir ehrlich! Wir Frauen denken mehr über Sex mit einem Fremden nach, als über den, mit dem eigenen Mann. Oder wie ist das bei euch?", Jennys Meinung ist unmissverständlich.

Ich werde rot und fühle mich ertappt. Meine ungezügelte Szene in der Dusche schießt mir durch den Kopf. Wie es scheint, gehöre auch ich zu den Frauen, die über Sex mit einem Fremden nachdenken.

„Na Lea, du wirst ja ganz rot. Was ist los? Fühlst du dich erwischt?", bohrt Alina.

„Ach Quatsch", kontere ich schnell, „ich geh mal rüber zum Grill und hole mir etwas zu essen", lenke ich ab und schleiche mich davon.

Meine verbotenen Gedanken behalte ich für mich.

***

Langsam zieht der Herbst ein. Die Wärme des Spätsommers hat sich endgültig verabschiedet und die ersten kalten Regenfälle ziehen übers Land.

Wie die Zeit vergeht. Moritz ist häufig geschäftlich unterwegs. Seine Firma steht kurz vor einer Fusion und so bleibt es nicht aus, dass alle Mitarbeiter um ihre Jobs kämpfen, auch Moritz.

Annabelle hat sich indes zu einem echten Reitertalent entwickelt. Alex gibt sich sehr viel Mühe mit ihr, sein Erfahrungsschatz lässt sie zu neuen Hochleistungen auflaufen.

Während Annabelle ihr Pferd pflegt, führe ich mit Alex vertrauensvolle Gespräche, als wären wir seit vielen Jahren gute Freunde. Ich genieße die Zeit mit ihm, seine Nähe tut mir gut. Er ist sehr aufmerksam,

versteht meinen Frust, der mich manchmal überkommt, wenn es zu Hause zu viel wird und ich mich
von Moritz alleine gelassen fühle.

„Es ist wichtig, dass du deine Bedürfnisse lebst und
nicht immer nur für die anderen da bist. Mal ehrlich,
Lea, wie sieht es zurzeit mit deinem Sexleben aus?",
überraschte mich Alex neulich, „viele Frauen wissen
gar nicht, dass sie zum Beispiel auf Fesselspiele stehen. Vor einem Jahr hatte ich eine Freundin, die sich
das auch nicht vorstellen konnte. Ich verband ihr die
Augen und fesselte sie ans Bett. Sie zitterte vor Aufregung. Später erzählte sie mir, dass sie niemals zuvor einen solch intensiven Orgasmus hatte."

„Alex!", empört schaute ich ihn an. Es war das erste
Mal, dass wir über Sex sprachen.

„Was ist Lea? Willst du mir sagen, du hattest noch nie
erotische Träume, die dich anmachen?"

*Siehst du Lea, er hat dich durchschaut. Er weiß, wie du
denkst, spürt, dass du dich nach sinnlichen Abenteuern
sehnst.*

Das mag sein, trotzdem werde ich ihm das nicht auf
die Nase binden, entschied ich mich.

Das Gespräch mit Alex hatte Nebenwirkungen. Mich
von ihm fesseln zu lassen, regte meine erotische
Phantasie derart an, dass ich zuhause sehnsüchtig

über Paul, meinem Dildo, herfiel - wie eine ausgehungerte Hündin über ihren Knochen.

***

Brrrr. Mein Handy klingelt Sturm. Total gestresst sitze ich im Café des Reiterhofes und warte auf Annabelle.

„Hallo David, ja, klar habe ich die Kundin angerufen. Sie weiß Bescheid und will sich bis Ende der Woche melden", beruhige ich meinen Chef, der wie immer Hektik verbreitet.

Plötzlich steht Alex hinter mir.

„Geht es dir gut, Lea?", fragt er mich und streichelt dabei meinen Nacken.

„Hallo Alex", entgegne ich ihm, genieße seine Zärtlichkeit, die ich bei Moritz in letzter Zeit vermisse.

„Ja, heute war es mal wieder besonders übel auf der Arbeit. Stress ohne Ende weil eine Kundin alles sofort erledigt haben will, Charly kam mit einer fünf in Mathe nach Hause und Moritz meldet sich seit zwei Tagen nicht."

„Na komm Lea, hast du Lust auf einen Spaziergang? Du solltest ein bisschen entspannen."

Ich spüre, wie sich Wärme in meinem Unterleib ausbreitet. Warum bringt dieser Kerl mich so in Wallung?

Wie ferngesteuert antworte ich: „Ja, sehr gerne."

Der frische Oktoberwind weht uns um die Nase. Eingehakt laufen wir nebeneinander – wie ein Liebespaar.

Am Waldesrand angekommen, legt er seinen Arm um meine Hüfte.

Völlig in Gedanken, bemerke ich es zunächst gar nicht. Im Gegenteil, ich genieße seine Nähe.

„Herrlich diese frische Luft", seufze ich, „genau das Richtige nach den letzten stressigen Tagen im Büro."

„Lass uns eine kleine Pause machen", schlägt Alex vor, als wir an eine Lichtung kommen."

Wir setzen uns auf einen alten Baumstamm, freuen uns über den wunderschönen Ausblick. Knistern liegt in der Luft.

Alex schaut mich von der Seite an, nimmt liebevoll meine Hand.

Seine Berührung trifft mich wie ein elektrischer Schlag. Meine Körpertemperatur steigt erheblich an, mein Herz klopft wie verrückt, die Haut kribbelt, ich zittere – untrügliche Zeichen für mein aufsteigendes Verlangen.

Das bleibt ihm nicht verborgen.

„Lea, was ist, du zitterst ja."

„Alles ok", entgegne ich ein wenig verlegen.

Tief blicken wir uns in die Augen, ziehen uns an wie Magnete. Röte schießt mir ins Gesicht, ich will aufstehen, aber er hält mich fest.

Mein Puls rast, ich habe das Gefühl, keine Luft zu bekommen.

Sanft berührt er meine Lippen, ganz vorsichtig. Wie es scheint, wartet er auf meine Erwiderung.

Mein Kopf fährt Karussell. Soll ich? Soll ich nicht? Für den Bruchteil einer Sekunde werde ich schwach.

Küsse ihn, Lea, du sehnst dich nach ihm.

Ich schließe meine Augen und gebe mich diesem wunderbaren Gefühl, begehrt zu werden, hin.

Unsere Lippen vereinen sich, unsere Küsse sind leidenschaftlich, schmecken nach mehr – viel mehr.

„Gehe ich zu weit?", fragt Alex verständnisvoll.

Es fühlt sich gut an. Viel zu gut, um ihn abzuweisen. Oh mein Gott, denke ich, was mache ich bloß?

„Du bist eine tolle Frau, Lea."

Wieder schaut er mir tief in die Augen, öffnet entschlossen den Reißverschluss meiner Jacke.

Ich genieße seine männliche Nähe und kann es kaum erwarten, bis er meine Brüste berührt und an meinen Knospen zupft.

Eine Hitzewelle durchflutet meinen Körper.

***

„Lea, du hast vergessen, der Kundin abzusagen. Sie steht bereits seit fünfzehn Minuten unten am Empfang und wartet auf dich", ermahnt mich Sophia.

Mist, ausgerechnet jetzt. Schnell ziehe ich mir meinen Blazer an und greife zu meiner Tasche, um meinen Lippenstift herauszuholen.

„Was ist los mit dir?", fragt sie.

„Irgendwie wirkst du in den letzten Wochen unkonzentriert. Ich sage das nur ungern, aber du solltest aufpassen. David hat schon gefragt, was mit dir los sei", lässt sie mich charmant wissen.

„Der soll sich um seinen eigenen Kram kümmern", zicke ich zurück. Und tatsächlich: Zuhause ist mir alles zu viel geworden. Die Kinder, der Haushalt, alles bleibt an mir hängen.

Moritz vertröstet mich immer häufiger, wenn es darum geht, gemeinsam etwas zu unternehmen. Die Firma ist sehr wichtig, er will unbedingt bei der nächsten Beförderung dabei sein. Warum, weiß ich nicht. Finanziell geht es uns gut. Wir haben ein nettes

Häuschen, sind alle gesund und können uns tolle Urlaube leisten.

Das Gespräch mit Moritz über meinen Beziehungsfrust ist bis jetzt nicht zustande gekommen. Der richtige Zeitpunkt fehlte.

***

Um 13 Uhr bin ich mit meiner besten Freundin Eva in der Stadt verabredet. Wir wollen shoppen gehen und einen Cappuccino trinken, bevor ich um 17 Uhr die Kinder wieder von der Schule abholen muss.

Ich liebe und schätze diese Treffen mit Eva sehr. Wir kennen uns seit der Schulzeit, haben bereits viel zusammen erlebt, gehen durch dick und dünn und haben uns in all den Jahren nie aus den Augen verloren. Beste Freundinnen eben.

Eva ist Single. Seit ihrer kinderlosen Ehe und einer unschönen Scheidung stürzt sie sich immer wieder in Beziehungen, die meistens nicht länger als zwei Jahre halten und immer im Chaos enden. „Ich habe keinen Bock mehr auf die Kerle. Vielleicht sollte ich es mal mit einer Frau probieren" verriet sie mir bei unserem letzten Treffen. Obwohl wir anschließend herzhaft darüber lachten, frage ich mich bis heute, ob sie das ernst gemeint hat.

Eva ist ausnahmsweise pünktlich. Nach einer innigen Umarmung bestellen wir jeder ein Gläschen Prosecco und eine Latte Macchiato.

„Du Eva, ich muss mal mit dir reden", versuche ich das Gespräch zu beginnen.

„Oh Gott, Lea, was ist?"

„Es geht um Moritz und mich. Ich will mich nicht beschweren, wir führen eine gute Ehe, haben gegenseitiges Vertrauen, genießen gegenseitigen Respekt, sind tolerant und vor allem lieben wir uns. Aber irgendwie ist unsere Leidenschaft in den letzten Jahren auf der Strecke geblieben. Klar, dass es nicht mehr wie am Anfang unserer Beziehung sein kann. Der Alltag frisst uns regelrecht auf. Vor einigen Jahren haben wir mal darüber gesprochen. Danach ging es eine Weile besser, aber mittlerweile hat sich wieder die Bequemlichkeit eingeschlichen. Wir sind am gleichen Punkt angelangt, die Routine hat uns fest im Griff. Ich fühle mich, wie ein altes Ehepaar."

„Lea, was willst du mir damit wirklich sagen? Raus damit", fordert Eva resolut. Hat sie mich etwa durchschaut?

„Ok, Eva. Du kennst doch Alex, den Reitlehrer von Annabelle?"

„Nein Lea, das glaub ich nicht", unterbricht sie mich, „du wirst mir jetzt nicht erzählen wollen, dass etwas zwischen euch läuft, oder?"

„Nein Eva", beruhige ich sie, „im Bett sind wir noch nicht gelandet, solltest du das meinen. Allerdings hat nicht mehr viel gefehlt."

„Mensch Lea", insistiert Eva, „liebst du Moritz denn nicht mehr?"

„Natürlich liebe ich Moritz und er mich auch, da bin ich mir sicher. Aber Alex begehrt mich und das erweckt Schmetterlinge im Bauch. Ein tolles Gefühl. Moritz gibt mir seit längerem nicht mehr das Gefühl, begehrlich zu sein. Ich sehne mich danach, denn ich will von meinem eigenen Mann begehrt werden."

„Ja, das kann ich gut verstehen, Lea. So ging es mir damals mit Christoph auch."

„Eva, ich will keinen anderen Mann, ich will Moritz."

„Gott sei Dank. Sag, was hast du vor?"

„Ich muss mit ihm reden. Und zwar so schnell wie möglich. Ich kann nicht mehr länger warten."

In diesem Moment wird mir klar, dass ich mit Moritz sprechen muss – und zwar sofort.

Weekend for Lovers

Gestresst steige ich aus dem Wagen, als mich Charly mit ihren Erlebnissen des Tages überfällt.

„Mama, ich muss dir etwas erzählen. Stell dir vor, Laura hat eine sechs in Physik geschrieben und nun darf sie nicht mit zu Claudias Geburtstagsparty. Kannst du nicht mal mit ihrer Mutter reden?"

Ja natürlich kann ich, ich bin schließlich das Mädchen für alles.

Moritz hat mir versprochen, heute Abend pünktlich nach Hause zu kommen. Die perfekte Gelegenheit, bei einem gemütlichen Glas Wein mit ihm zu reden.

Zuerst rufe ich Lauras Mutter an und setze gekonnt mein Verhandlungsgeschick ein. Es dauert nicht lange und sie sagt Ja. Dafür ist Charly mir so dankbar, dass sie freiwillig den Tisch deckt.

„Na, was sagst du jetzt?", Moritz steht plötzlich in der Tür, „pünktlich wie die Maurer."

„Das ist schön, mein Schatz. Wie war denn dein Tag. Hattest du viel Stress?"

„Frag lieber nicht. Unser Controlling hat die vorgelegten Zahlen abgelehnt. Zu teuer, meinten sie, aber das ist ja normal bei denen. Wie war's bei dir?", fragt er interessiert, umarmt mich und gibt mir eine Kuss auf die Stirn.

„So olala. Lass uns Abendbrot essen und anschließend ein bisschen reden."

„War etwas mit den Mädels?"

„Nein, Moritz, ich dachte, wir setzen uns einfach nur auf die Couch, trinken ein Gläschen Wein und quatschen ein bisschen."

„Aha, ein bisschen quatschen", wiederholt er mich, „hast du dabei an etwas Spezielles gedacht?"

„Ich? Naja, ich...."

„Mama, Papa, Essen ist fertig", noch bevor ich meinen Satz beenden kann, ruft uns Charly zu Tisch.

Es ist spät geworden. Müde liegen Moritz und ich auf der Couch.

„Na, Lea, was ist los? Was hast du auf dem Herzen?", holt mich Moritz aus meinem Halbschlaf.

„Warum denkst du, dass ich etwas auf dem Herzen habe?"

„Dein Tonfall hat dich verraten", schmunzelt er.

Ich kann es nicht glauben, er hat eine Veränderung meines Tonfalles bemerkt. Das hätte ich nicht gedacht.

„Also, rück raus mit der Sprache, Lea."

Ein bisschen überrumpelt lege ich los:

„Moritz", beginne ich forsch, „ich mache mir um unsere Beziehung Sorgen. Seit Monaten habe ich das Gefühl, nur noch zu funktionieren und ich fühle mich allein gelassen. Du bist oft unterwegs, ich kümmere mich um die Kinder und im Büro ist der Teufel los."

„Ja, das stimmt. Das ist mir auch aufgefallen."

Na prima, denke ich. Immerhin.

„Ich weiß", fährt er fort, „wir haben gerade stressige Zeiten. Aber das wird sicherlich wieder besser."

„Ja klar Moritz, irgendwann wird das wieder besser. Aber wann, frage ich dich. Wir haben kaum noch Zeit zu zweit. Ständig kommt etwas dazwischen. Aber genau das fehlt mir: Zeit mir dir! Weißt du, was ich mich neulich vor dem Spiegel gefragt habe?"

„Nein, was denn?", interessiert schaut mich Moritz an.

„Findet mein Mann mich noch sexy und begehrlich? Ist das nicht schlimm? War's das mit meiner Attraktivität und unserer sprühenden Leidenschaft?"

Meine Stimme klingt traurig und verzweifelt. Moritz nimmt meine Hand.

„Lea, schau mich an. Natürlich vermisse ich dich und natürlich liebe ich dich. Das weißt du hoffentlich. Ich mache mir auch Gedanken über uns. Aber irgendwie ergab sich bisher noch nicht der richtige Zeitpunkt, mit dir darüber zu reden."

„Moritz", kontere ich, „es gibt keinen richtigen Zeitpunkt. Wir sollten ehrlich miteinander sein. Ich liebe dich und will dich nicht verlieren. Aber ich habe Bedürfnisse. Es gibt so viele Dinge, die ich mit dir erleben will und auf die ich neugierig bin. Ich habe keine Lust, immer nur Mutter und Familienmanagerin zu sein. Ich möchte, dass du mich begehrst, so wie damals, als wir uns kennenlernten. Wo ist unsere Lust aufeinander geblieben, als wir die Finger nicht voneinander lassen konnten? Was wollten wir nicht alles anstellen, weißt du noch?"

„Ja, ich weiß Lea. Das war eine tolle Zeit. Verrückt und wild. Ich kann mich sehr gut an unseren Quickie auf dem Hotelflur erinnern. Es war Sommer und du trugst ein leichtes Kleidchen. Unter der feinen Seide konnte ich sehen, wie sich deine Brustwarzen zusammen zogen. Ein leichtes Spiel für mich", schmunzelnd lächelt er mich an.

Diese „Hotelflur-Nummer" war eines unserer gewagtesten Erlebnisse. Was hatten wir für einen Spaß. Ich lehnte am Fenster und hoffte insgeheim, vom Wohnhaus gegenüber beobachtet zu werden.

„Ja, ich kann mich noch sehr gut daran erinnern. Zuerst hatte ich Schiss, aber umso stürmischer wir wurden, umso mehr Spaß hat es gemacht. Und genau das meine ich, Moritz. In den letzten Jahren beschränkt sich unser Sex nur noch auf schnelle Quickies im Schlafzimmer aus Angst, unsere Kinder könnten uns überraschen. Reicht dir das für alle Ewigkeit?"

„Nein, natürlich nicht, Lea. Ja, du hast recht, wir sollten ernsthaft etwas unternehmen, um wieder Schwung in unsere Beziehung zu bringen. Und gegen mehr und ausgefallenen Sex habe ich sowieso nichts", süffisant zwinkert er mich an.

„Was hältst du davon, wenn wir uns nächstes Wochenende eine Auszeit gönnen? Die Kinder sind mit meinen Eltern unterwegs. Perfekt für ein „Weekend for Lovers". Ein Hotel habe ich bereits gefunden", überrasche ich ihn.

„Donnerwetter, so schnell. Ich wollte eigentlich nächsten Samstag mit den Jungs zum Radfahren, aber das werde ich absagen."

„Prima. Lass dich überraschen. Trage dir nur den Termin ein, den Rest mache ich."

***

„Ja, Eva, wir haben das Thema endlich angesprochen und werden uns nächstes Wochenende eine kleine Auszeit nehmen."

„Perfekt, meine Liebe. Was ist mit diesem Alex. Triffst du dich noch mit ihm?"

„Im Moment bleibt mir wenig Zeit. In der Firma wird die Arbeit immer mehr und ich bin froh, dass ich mit der Mutter von Annabells Reitfreundin eine Fahrgemeinschaft bilden konnte. Meistens sehe ich Alex nur kurz, wenn ich die beiden Mädels abhole."

„Das ist gut. Dann kommst du nicht auf dumme Gedanken. Sag mal, wäre das Kerlchen nicht etwas für mich?"

„Meinst du das ernst Eva?"

„Jetzt sei nicht gleich eingeschnappt. Du scheinst ihn wohl doch zu mögen."

„Wir sind gute Freunde. Damals im Wald ist nichts passiert. Ein paar Zärtlichkeiten und Küsse, dann überfiel mich mein schlechtes Gewissen. Ich habe ihm gesagt, dass ich nicht weiter machen kann. Du wirst es nicht glauben Eva, aber er war sehr verständnisvoll. Er meinte, ich solle erst einmal herausfinden, was ich will."

„Ach, wie ritterlich. Toller Kerl. Du weißt, mit Speck fängt man(n) Mäuse. Da gehört auch Ritterlichkeit dazu. Nun gut, wir werden sehen. Sollte Alex am Ende Single bleiben, darfst du ihn mir auf jeden Fall vorstellen. Reiten kann ich ja", pustet Eva in den Hörer und lacht schallend.

„Eva, du bist unmöglich", entgegne ich ihr. „Ich muss jetzt Schluss machen, „mach's gut. Ich melde mich wieder."

***

Auf der Suche nach einem schönen 4-Sterne Romantikhotel, das meinen Ansprüchen für ein gelungenes Wochenende mit Moritz gerecht wird, bin ich im Internet schnell fündig geworden.

Nur eine Stunde entfernt, lädt es im mediterranen Stil mit schönem Ambiente, ausgefallenen Zimmern und hervorragender Küche zur perfekten Auszeit ein. Das bestätigen zumindest viele Paare im Chat des Bewertungsportals.

Unter „Bemerkungen" hinterlasse ich bei der Buchung die Notiz, dass wir Hochzeitstag haben. Natürlich stimmt das nicht, allerdings haben Freunde von uns mit diesem kleinen Trick sehr gute Erfahrungen gemacht. Das Hotel ist in solchen Fällen bereit, Blumen, eine frische Obstschale oder süße Pralinen als Überraschung aufs Zimmer zu stellen.

„Hallo Schatz, das Hotel für unser Wochenende ist gebucht. Du darfst gespannt sein, Kuss, Lea", freue ich mich wie ein kleines Kind, als ich Moritz die Nachricht schicke.

Keine Minute später antwortet er mir mit drei Küssen.

***

„Willst du mir nicht sagen, wo es hingeht, Lea?", Moritz ist total aufgeregt, als es endlich losgeht. Mehrere Male hat er in den letzten Tagen versucht, herauszubekommen, in welchem Hotel wir das Wochenende verbringen. Mein Schweigen überzeugte ihn allerdings, dass ich nichts preisgeben würde und so beschloss er, sich seinem Schicksal zu beugen.

„Lass dich überraschen mein Schatz", beflügelt drehe ich die Musik lauter und düse mit Moritz aus unserer Hofeinfahrt Richtung „Weekend for Lovers".

Mitten in einem Naturpark liegt das Hotel, eine Wohlfühloase im Jugendstil. Mein erster Eindruck: fantastisch! Auch Moritz ist überrascht.

„Wow, toll. Sieht vielversprechend aus?"

„Warte ab bis du unser Zimmer siehst", freue ich mich.

Eine fünfundvierzig Quadratmeter große Spa-Lodge mit Blick über das Land. Laut Hotelbeschreibung ein Naturerlebnis und bestens dafür geeignet, ein romantisches, sinnliches Wochenende zu zweit zu verbringen. Die Lodge liegt mitten im Grünen und ist nur über eine kleine Anhöhe zu erreichen.

Als wir nach dem Einchecken oben ankommen und die Tür öffnen, sind wir überwältigt. Ein kleiner, gemütlicher Innenbereich in eleganter Ausstattung mit einem großen Bett, einer separaten Couch und einem großen Schreibtisch liegen vor uns. Eine große Glastür lädt uns in den uneinsehbaren Außen-Wohnbereich mit Freiluft-Whirlpool und Rainshower-Dusche ein.

Wie erhofft, werden wir vom Hotel mit zwei Stück köstlichem Schokoladenkuchen, Prosecco und einer Glückwunschkarte zum Hochzeitstag begrüßt. Ein gelungener Start.

Moritz nimmt mich in den Arm, küsst behutsam meinen Nacken und fasst mich um die Taille.

„Traumhaft, Liebling."

Gänsehaut läuft mir über den ganzen Rücken und ich frage mich, wann er das letzte Mal „Liebling" zu mir gesagt hat. Ich drehe mich um, schaue ihm in die Augen. Unsere Lippen begegnen sich, unsere Zungenspitzen gehen auf Entdeckungsreise. Eine wohlige Wärme strömt durch meinen Körper, mein Unterleib beginnt zu pochen.

„Freust du dich auf das Wochenende?", frage ich verlegen. „Ich freue mich auf dich, Lea", er öffnet meine Bluse, liebkost meinen Busen, die unschuldig im BH darauf warten, befreit zu werden.

Was für ein schönes Gefühl. Endlich Zeit und Ruhe. Keine Kinder, die uns überraschen können. Nur wir zwei an einem Ort, der mir schon jetzt wie das Paradies vorkommt.

Moritz führt mich in den Außenbereich, hinüber zu einer kleinen Couch. Vögel zwitschern, ich genieße den frischen Duft des Waldes.

Liebevoll umarmt er mich, verteilt viele kleine Küsse hinter meinem Ohr und wandert tiefer zwischen Hals und Schulter. Ich lege meinen Kopf nach hinten, um noch mehr davon zu erhaschen. Dann spüre ich seine Hand, die mein hauchdünnes Negligé nach unten schiebt - peu à peu bis ich splitternackt vor ihm stehe - mitten in freier Natur.

Ich lege mich auf das Sofa, will endlich meinen Mann spüren. Sein pralles Glied drückt an meine Schenkel, als er sich über meine festen Brüste beugt, sie massiert und an meinen Nippeln zupft. Zärtlich berühren wir uns am ganzen Körper. Er liebkost meine Scham, streichelt mich sanft. Mein Körper vibriert, ich kann es kaum erwarten. Als ich sein stattliches Glied in die Hand nehme, entrückt ihm ein leises Stöhnen. Seine Erregung ist spürbar.

Seine Lippen wandern von meinem Hals über meinen Rücken hinab und verharren an meinen Schenkeln. Seine Zunge bahnt sich den Weg zu meiner Liebeshöhle, die vor Aufregung zu explodieren scheint. Er dreht mich um und beginnt, mich von hinten zu lecken. Seine Hände kneten gleichmäßig fest meinen Po.

Mal zart, mal kräftiger zupft er an meiner Klit. Als er zwei Finger in mich gleiten lässt, zerfließe ich fast vor Lust.

Geschickt drehe ich mich um und gebe ihm das Zeichen, sich auf den Rücken zu legen. Wir schauen uns tief in die Augen, unsere Blicke verraten unser Verlangen. Dann setze ich mich wollüstig auf ihn und stütze mich auf seiner Brust ab.

Wie in Zeitlupe beginne ich mit meinem Becken auf seinem Schaft zu kreisen, räkele mich dabei genüsslich. Unsere Körper verschmelzen, Moritz packt mich entschlossen mit beiden Händen an der Hüfte und forciert meine Bewegungen. Ein Schauer läuft mir über den Rücken.

Ich beuge mich nach vorne. Gerade so weit, dass er mit seiner Zungenspitze meine Brustwarzen erhaschen kann. Just richte ich mich wieder auf, bewege mein Becken auf und ab, genieße jeden Zentimeter in mir.

Hemmungslos erhöhe ich das Tempo, reite mich im Rhythmus zur Musik in einen Rausch der Lust.

Völlig abgedreht, verschwindet Raum und Zeit. Ich fühle mich frei, begehrt, bin zügellos. Unsere Körper verschmelzen.

„Oh ja, geil", wispert er.

Sein Blick ist flehend, er ist mir ausgeliefert.

„Oh Gott, ja, jetzt komme ich!"

„Wow, Lea", überkommt es Moritz, als ich noch immer auf ihm liege.

„So geilen Sex hatten wir lange nicht mehr."

„Ja, Moritz, das stimmt. Ich fühle mich wahnsinnig gut."

Gemeinsam springen wir unter die Dusche und albern wie zwei Kinder, lachen und küssen uns immer wieder. Es scheint, als hätten wir uns eben erst kennengelernt.

***

Für den Abend habe ich in einem der drei Hotel-Restaurants einen Tisch reserviert. Es ist ein uriger Gewölbekeller, ein echter Hingucker, wie ich feststelle.

Freundlich werden wir von einem sehr galanten Kellner zu unserem Tisch geleitet und nehmen Platz.

In meinem schwarzen Minirock und den passenden Plateau-Schuhen fühle ich mich unwiderstehlich. Meine Bluse ist schulterfrei und im Nacken gebunden. Einen BH zu tragen habe ich mir verwehrt und so schimmern bei näherem Betrachten meine Brüste ein wenig durch den dünnen Stoff. Dieser Gedanke reizt mich und ich bilde mir ein, erste Blicke der Nachbartische einzufangen.

Beim Durchblättern der Speisenkarte sind wir derart ausgelassen, dass wir den Kellner gar nicht bemerken, der hinter mir steht.

„Entschuldigen Sie, darf ich Ihnen einen Aperitif anbieten?", fragt er uns sichtlich bemüht, die Contenance zu bewahren. Seine Blicke ziehen mich förmlich aus.

„Zwei Martini, geschüttelt, nicht gerührt", antwortet Moritz cool. Wieder müssen wir lachen.

Moritz wählt das Tartar vom Piemonteser Kalb mit handgerolltem Cous Cous, ich entscheide mich für das Presa vom Iberico Schwein und bin gespannt, was mich erwartet.

Der Rotwein ist vorzüglich, genau wie das Essen.

Angeregt unterhalten wir uns, als ich Moritz Hand auf meinem rechten Schenkel spüre.

„Moritz", süffisant lächele ich ihm zu, „was machst du?", frage ich ihn unschuldig.

„Nach was fühlt es sich denn an?" lacht er mich schelmisch an und lässt dabei seine Hand verdächtig nah an meinem Schenkel hochgleiten.

„Ich will herausfinden, ob du zwischen deinen Schenkeln genauso freizügig bist, wie unter deiner Bluse."

Resolut verschränke ich die Beine.

„Da musst du dich noch ein wenig gedulden, mein Lieber", zwinkere ich ihm zu und genieße diesen Moment, auf den ich lange gewartet habe.

***

Warme Sonnenstrahlen kitzeln mein Gesicht. Moritz ist längst aufgestanden, das Bett jedenfalls ist leer. Schwungvoll ziehe ich mein Negligee an, als er nach mir ruft.

Genüsslich liegt er im Whirlpool, breitet seine Arme aus und erwartet mich.

„Guten Morgen mein Liebling, na, gut geschlafen?"

„Ja, wie ein Murmeltier. Der Wein gestern Abend hatte es in sich", gestehe ich, „findest du nicht?"

„Nicht nur der Wein", antwortet er und lacht beherzt. Keck zieht er mich am Arm. Ich verliere das Gleichgewicht und schwups, lande ich im Whirlpool.

Meine Haare sind völlig nass. Verliebt schauen wir uns an, ich spüre meine Sehnsucht nach ihm. Fest, als wolle er mich nie wieder loslassen, umfasst er meinen ganzen Körper, drückt mich an sich. In völliger Einheit spüren wir unsere nassen Körper und geben uns unsere neu entdeckten Gefühlen hin. Mein Herz schlägt aufgeregt und ich fühle mich wie im siebten Himmel.

***

[Moritz]

Nach dem Frühstück wartet ein abgestimmtes Wohlfühlprogramm auf uns. Lea beginnt mit einer gründlichen Detox-Gesichtsbehandlung, ich starte mit einem Saunagang inklusiv Aufguss.

Für den frühen Nachmittag steht eine „Sensual Massage – Entspannung für die Sinne", speziell für Paare, auf dem Programm. Genau das Richtige für ein Liebeswochenende zu zweit, denke ich und werde schon bei dem Wort „sensual" ganz wuschig.

„So mein Schatz", klärt Lea mich auf, „diese Massage soll etwas ganz Ausgefallenes sein, wie ich in den Bewertungen gelesen habe."

Im Spa-Bereich werden wir mit dem Spruch: „Trete ein in eine kleine, feine Welt, in der es nur um Dich geht!" empfangen.

Rechts laden zwei bequeme Sessel mit großen Kissen und einer Selbstbedienungsbar mit frischem Zitronenwasser und verschiedenen Teesorten zum Warten ein. Im Hintergrund spielt leise Entspannungsmusik. Der ganze Wellness-Bereich erstrahlt in asiatischem Stil, typisch für die heutigen Wellness-Oasen.

„Herzlich Willkommen. Was kann ich für Sie tun?"

An der Rezeption werden wir von zwei hübschen jungen Frauen begrüßt: makellose Figur, sehen sie umwerfend aus, tragen beide kurze Pants, dazu weiße Tops mit den Initialen des Hotels. Unglaublich sexy, denke ich und hoffe, dass auch meine Masseurin eine solche Augenweide ist.

„Guten Tag", entgegnet Lea noch bevor ich Luft holen kann.

„Mein Name ist Neuberger, ich habe für drei Uhr eine Sensual Massage gebucht."

„Ah, die Sensual Massage. Waren Sie bisher einmal Gast in unserem Haus?"

„Nein. Wir sind zum ersten Mal hier", antwortet Lea.

„Gut, dann dürfen Sie mir gerne folgen", lächelt uns die junge Hübsche an.

Nichts lieber, als das, freue ich mich und eile brav den beiden hinterher, entlang eines Korridors, dessen Bilder an der Wand die traditionsgeprägte Geschichte des Hotels erzählt.

Am Ende des Flurs stehen gemütliche Lounge-Sessel und ein kleiner Tisch mit Karaffe und zwei Gläsern. An der seitlichen Tür ist zu lesen: Sensual Massage – Betreten nur nach Aufforderung!

Wir nehmen Platz und die entzückende Dame lädt uns auf ein Glas frisch gepressten Vitamin-Saft ein. Wahrscheinlich werden wir die Vitamine brauchen, schießt es mir durch den Kopf.

„Bitte warten Sie hier, bis Sie aufgerufen werden. Ich wünsche Ihnen viel Spaß", informiert sie uns, dreht sich um und wackelt mit ihrem süßen Po davon.

Da sitzen wir nun, schauen uns an und sind mehr als gespannt, was wohl passieren wird.

Nach etwa fünf Minuten geht die Tür auf und eine bildhübsche Asiatin steht vor uns, die sich als Kairi vorstellt. Ihre Hüften sind wohlgeformt, ihre kleinen spitzen Brüste blitzen durch ihren Kimono, wirken mädchenhaft und passen perfekt zum Rest des kleinen Körpers. Ihr Lächeln ist bezaubernd.

Diese Schönheit wird mich massieren, hoffe ich insgeheim. Allein ihr exotischer Anblick lässt meine Männlichkeit nervös werden. Mein Glied zuckt bereits, wenn ich daran denke, wie sie Hand an mich legt und mich mit ihren zarten Händen berührt.

„Herr und Frau Neuberger?", fragt sie in ihrem süßen asiatischen Deutsch.

„Ja", antworten wir gleichzeitig.

„Kommen Sie bitte mit."

Schnell trinken wir unsere Gläser leer, stehen auf und folgen ihr.

In einem nur für uns reservierten Umkleideraum liegen Handtücher und seidige Kimonos bereit. An einen Schminktisch mit wichtigem Frauengedöns wie Fön, Haarspray, Deo, usw. hat das Hotel ebenfalls gedacht.

„Sie dürfen sich nun ausziehen und Ihre Kimonos anlegen. Wenn Sie fertig sind, kommen Sie bitte durch diese Tür", fordert uns die Kleine auf.

Ruck zuck sind wir nackt und ich kann meine Freude kaum verbergen.

„Na Schatz, du scheinst ein bisschen aufgeregt zu sein, wie ich sehe?"

„Was hast du bloß ausgeheckt, Lea?", grinse ich sie an.

„Keine Ahnung, Moritz, ich bin selbst aufgeregt und gespannt, was jetzt passiert."

Im Nebenraum dirigiert uns Kairi in die Mitte des abgedunkelten Raumes. Eine schaumige Badewanne zusammen mit zwei Gläsern Champagner und einer Schale frischer Erdbeeren wartet auf uns. Im Hintergrund läuft leise asiatische Musik, es duftet nach angenehm nach Mandarine, Kerzen überall. Perfekt zum Relaxen.

Sie nimmt uns die Kimonos ab.

Verdammt! Jetzt stehe ich in voller Mannespracht mit einer Halblatte vor ihr, meine Erregtheit ist nicht zu übersehen. Schamröte schießt mir ins Gesicht. Lea schaut zu mir rüber und schmunzelt. Kleines Biest, denke ich.

„Zur Einstimmung dürfen Sie nun circa dreißig Minuten ein gemeinsames Bad nehmen. Wenn Ihnen etwas fehlt oder Sie Wünsche haben, läuten Sie kurz und wir sind sofort bei Ihnen", weist sie uns an und stellt eine kleine Handglocke aus Messing neben den Champagner.

Mit unseren Kimonos in der Hand, verschwindet Kairi in einen Nebenraum.

Als ich Lea in die Wanne einsteigen sehe, fällt mir auf, wie schön sie ist. Ihre schlanken Beine, ihre weibliche Taille und ihr herrlicher Busen, der ganz langsam im Schaum versinkt, ziehen mich noch immer magisch an.

„Wunderschön siehst du aus", schwärme ich und rücke sofort näher zu ihr. Das Wasser ist wohl temperiert; nicht zu kalt, nicht zu heiß.

Unter Wasser taste ich nach ihren Brüsten, die mich zu mehr einladen. Genüsslich räkelt sie sich und zeigt mir dabei ihre ganze Weiblichkeit.

„Komm, lass uns auf dieses außergewöhnliche Wochenende anstoßen", möchte ich den Moment genießen.

„Mache ich dich etwa nervös?", frag sie frech.

„Nervös will ich nicht sagen. Du machst mich total verrückt und ich könnte dich jetzt glattweg hier in der Wanne vernaschen."

„Moritz, das ist unanständig."

„So, ist es das?"

Sie scheint nicht abgeneigt. Unbeirrt nehme ich ihr das Glas aus der Hand, stelle es zurück und umarme sie. Der aufwirbelnde Schaum landet in unseren Gesichtern. Zarte Küsse reichen aus, um meine Lust weiter voranzutreiben. Lange habe ich nicht mehr so entspannte Stunden mit Lea verbracht. Sie törnt mich noch immer an, dieses Weibsstück, und ich ärgere mich, dass wir nicht mehr Zeit miteinander verbringen.

„Mmh, herrlich", geschickt greift sie zwischen meine Beine, packt meinen Schaft. Blut läuft in meine Adern, ich spüre, wie meine Eichel zuckt. Lustvoll sauge ich an ihrer Brust. Jetzt einen Quickie in der Wanne, das würde mich von meinem ansteigenden Druck befreien.

Plötzlich höre ich ein leises Klopfen und Kairi steht wieder vor uns.

„Die Zeit ist um, darf ich Sie bitten, aus der Wanne zu steigen?", fragt sie völlig unschuldig. Höre ich da ein wenig Schadenfreude aus ihrer Stimme?

Verpackt in den Kimonos, werden wir in den nächsten Raum geführt. Dort warten zwei Massage-Liegen auf uns. Die groovige Deep-House Musik im Hintergrund ist genau mein Geschmack und lässt mich tief versinken in die Welt erotischer Phantasien.

Wer ist das? Plötzlich steht eine weitere Asiatin vor mir. Sie ist fülliger und scheint älter als Kairi zu sein. Ihre prallen Brüste sind nicht zu übersehen. Die großen Brustwarzen bäumen sich durch den dünnen Stoff ihres Tops auf. Gespannt warte ich, was nun passiert.

„Darf ich vorstellen, das ist Suna. Wir beiden werden Sie nun mit einer Sensual Massage verwöhnen. Wenn irgendetwas unangenehm sein sollte, sagen Sie bitte sofort Bescheid. Wir möchten, dass Sie entspannen und sich frei fühlen. Und bitte denken Sie daran: Sie dürfen Ihren Gefühlen freien Lauf lassen. Das Anfassen der Masseurinnen ist allerdings nicht erlaubt", klärt Suna uns mit einem süffisanten Lächeln auf.

Auf dem Bauch liegend, decken die beiden Damen uns mit feinen Tüchern zu, verlassen dann den Raum.

Was ist denn jetzt schon wieder? Die beiden spannen uns ganz schön auf die Folter. Hoffentlich döse ich nicht ein, doch dann öffnet sich die Tür und ich höre Schritte.

Jemand nimmt mir ganz vorsichtig das Tuch vom Körper. Die feine Berührung lässt meine kleinen Härchen abstehen. Dann spüre ich zwei ölige Hände auf meinem unteren Rücken, die sich langsam Richtung Nacken bewegen, sinnlich meinen Körper massieren.

Das gefällt mir. Langsam lasse ich mich fallen, höre nur noch die Musik und fühle die weichen sanften Bewegungen meiner Masseurin: ihre Hände, ihre Arme, ihren Atem. Ich versinke in meine Träume.

„Sie dürfen sich nun auf den Rücken legen", holt mich Suna nach einer Weile wieder zurück in die Gegenwart.

Wie bitte? Ich soll mich umdrehen? Jetzt? Gerne hätte ich mir ein Handtuch um die Hüfte geschlungen, aber es gibt keins.

Gut, dann wird Suna eben sehen, dass mich ihre durchaus erotische Massage erregt hat. Solange ich meinen Kopf verstecken konnte, machte ich mir keine Gedanken darüber und genoss die Situation. Aber Umdrehen und ihr den Erfolg ihrer Arbeit präsentieren, kostet mich Überwindung.

Sieh es mal als Belohnung für Suna, beruhigt mich meine innere Stimme.

„Entspannen Sie sich!", Sunas Stimme ist leise und angenehm.

Ich fühle ihre warmen Hände auf meinem Bauch. Mit ihren sanften Fingern zieht sie kleine Kreise um meinen Bauchnabel, massiert meinen Busen und arbeitet sich geschickt und unaufdringlich über meine Hüfte zu meinem Unterleib vor.

Mit leichtem Druck ölt sie meine Schenkel ein.

Oh ja, jetzt schön zwischen meine Beine fassen und meine herrliche Mannespracht packen, fiebere ich. Ein lauter Seufzer verrät mein Verlangen, das ich nicht mehr lange kontrollieren kann.

Ich schaue rüber zu Lea, sehe, wie Kiri ihre Brüste massiert. Was ist das bloß für eine Massage, denke ich und bin Lea mehr als dankbar, dass sie diese Wellness-Paket gebucht hat.

„Herr Neuberger, bitte folgen Sie mir", fordert mich Suna unerwartet auf. Ist die Massage vorbei?

Sie nimmt mich bei der Hand und führt mich zu meiner Frau.

Lea liegt eingeölt in ihrer ganzen Schönheit vor mir.

„Die nächsten Minuten gehören ganz Ihnen und Ihrer Frau. Wir werden den Raum jetzt verlassen und erst in fünfundvierzig Minuten wieder nach Ihnen schauen", flüstert Suna mir ins Ohr.

Dann verschwinden die beiden und ich stehe nackt, eingeölt und in voller Erektion vor Lea.

Ihre Augen sind geschlossen. Ganz vorsichtig berühre ich ihren Arm, streichele mit meinen Fingern zart über ihren schönen Busen. Leas Nippel reagieren sofort. Meine grenzenlose Sehnsucht nach dieser wunderbaren Frau übernimmt das Geschehen und lässt uns beide abtauchen in ein frivoles Spiel zwischen Lust und Leidenschaft.

***

[Lea]

„Was war das denn?", frage ich Moritz, als wir nach diesem außergewöhnlichen Erlebnis den Spa-Bereich verlassen.

Natürlich kenne ich medizinische Massagen. Aber dass mich eine Frau mich derart erotisch massiert, ist absolutes Neuland für mich.

„Das war absolut klasse. Ich fühle mich wie aus dem Ei gepellt: jung, vital und voller Energie", lässt mich Moritz an seiner Freude teilhaben, „jetzt brauche ich ein bisschen Ruhe und muss ablenken. Lass uns auf die Sonnenterrasse gehen."

Entspannt suchen wir uns ein Plätzchen und haben tatsächlich Glück. Eins der begehrten Day-Betten wird gerade frei.

Moritz holt seinen Krimiroman aus der Tasche und beginnt, zu lesen. Ich schlürfe meinen leckeren Ananas-Mango-Saft, den ich mir an der Vital-Bar mitgenommen habe, und versuche, ein wenig zu schlummern.

Kairis Zärtlichkeit und Berührungen haben mir gefallen und noch immer spüre ich die Wärme in meinem Unterleib. Sie ölte meine Brüste ein, massierte leicht meinen Po, glitt langsam zwischen meine Schenkel, berührte mehrere Male meine Schamlippen. Versehen oder Absicht?

Als ich nach einer Weile die Augen öffne, entdecke ich auf der gegenüber liegenden Seite ein Paar. Sie dürfte etwa in meinem Alter sein, er scheint etwas älter, vielleicht Mitte Vierzig?

Aus meinem Augenwinkel kann ich sie sehr gut beobachten. Er flüstert ihr etwas ins Ohr, sie fängt an zu kichern. Eng umschlungen haben sie es sich unter einer Decke gemütlich gemacht. Er küsst sie sanft auf die Wange, dabei kann ich erahnen, was sich gerade unter der Decke abspielt.

Sie schließt ihre Augen. Vielleicht spielt er gerade an ihren Brüsten, stelle ich mir vor.

Ich kann meinen Blick nicht abwenden.

Was macht er jetzt? Sie dreht sich seitlich zu ihm, er packt an ihren Hintern. Wo ist seine andere Hand? Sicherlich hat er sie tief in ihrer Liebeshöhle vergraben.

Mir wird ganz warm bei dieser Vorstellung. Wohlig räkele ich mich auf unserem Bett, nehme eine Decke aus dem Korb, der seitlich des Bettes steht, und werfe sie über uns.

„Mmh, was machst du, Schatz?", fragt mich Moritz.

„Schau mal, das Paar dort drüben. Ich glaube, die verwöhnen sich heimlich unter der Decke."

„Ach was, wie kommst du denn darauf?", fragt er, noch immer mit seinem Krimi beschäftigt.

„Schau doch mal unauffällig", schupse ich ihn, „ich glaube, der Typ heizt ihr gerade ziemlich ein."

Erst als ich zart über sein leicht erregtes Glied streichele, legt Moritz sein Buch zur Seite und schließt seine Augen.

„Vielleicht so, wie ich nun gleich von dir verwöhnt werde?", schnurrt er genüsslich.

„Ja, warum nicht. Ich bin noch immer von der Massage wuschelig", gebe ich offen zu.

„Du kannst also nicht genug bekommen. Dann schau den beiden weiter zu und erzähle mir dabei deine wilden Phantasien."

„Ich stelle mir vor, wie sie seinen schönen steifen Schwanz massiert. So, wie ich gerade Deinen. Eng umschlungen erwecken sie den Anschein, zu schlafen. Mit der einen Hand fasst er ihr zwischen die Beine, verwöhnt ihre Spalte, die sicherlich feucht ist.

Sie will laut aufstöhnen, presst ihr Gesicht ins Kissen", beherzt packe ich zu. Moritz stöhnt.

„Lea, du kleines Luder. So kenne ich dich gar nicht."

„Ich muss gestehen, Moritz, ich finde es durchaus reizvoll, von anderen beim Liebesspiel beobachtet zu werden", entgegne ich ihm selbstbewusst.

In diesem Moment steht plötzlich eine Dame aus dem Spa-Bereich vor uns.

„Entschuldigen Sie die Herrschaften, möchten Sie an unserem neuen Aerial-Yoga Kurs teilnehmen", fragt sie todernst.

„Nein danke, wir möchten noch ein wenig ruhen", völlig unerschrocken antwortet Moritz, während er unter der Decke an meiner Brust spielt.

Die Dame bedankt sich freundlich und geht. Schnell schaue ich wieder rüber zu dem Paar. Treiben sie es vielleicht wilder? Nein, sie haben sich unbemerkt davongeschlichen. Schade. Wahrscheinlich sind sie so heiß, dass sie aufs Zimmer mussten.

„Ich brauche jetzt eine kalte Dusche", Moritz grinst mich an. Beim Aufstehen hält er geschickt sein Handtuch vor seine erregte Pracht. Ich muss lachen, denn derart verlegen habe ich ihn schon lange nicht mehr gesehen.

Der kalte Duschstrahl erfüllt schnell seine Aufgabe.

„Wollen wir noch einen Saunagang machen, Schatz?"

„Ja, warum nicht. Dort drüben ist eine Bio-Sauna mit verschiedenen Düften. Mehr Hitze halte ich heute nicht mehr aus", muss ich ehrlich gestehen.

Ach, wer sitzt denn da? Die Sauna ist leer, nur ein Paar grüßt uns freundlich. Es sind die beiden von der Sonnenterrasse. Also doch nicht aufs Zimmer gegangen.

„Ist euch unter der Decke auch so heiß geworden?", fragt er verschmitzt.

Ertappt suche ich nervös den Blickkontakt zu Moritz.

„Ja, das kann man wohl sagen", antwortet er zu meiner Überraschung gelassen.

Die Männer zwinkern sich zu.

„Achtung, Aufguss!", werden wir leider von einem durchtrainierten Sauna-Mitarbeiter unterbrochen.

***

Nach dem köstlichen Abendessen lädt uns das moderne Interieur der Hotelbar zu einem Drink ein.

„Lass uns auf diesen besonderen Tag trinken, Lea."

Moritz hat recht. Der heutige Tag war ein Revival unbeschwerter Tage.

„Schau mal Lea, wer das kommt?"

Es ist das Paar aus der Sauna. Freudestrahlend kommen sie zu uns an die Bar.

„Guten Abend, kennen wir uns nicht aus der Sauna?", lacht sie mich an.

„Ja", etwas nervös, zupfe ich meine Bluse zurecht.

„Darf ich mich vorstellen. Ich bin Luna und das ist mein Mann, Patrick."

„Hi, ich bin Lea."

Nicht so schüchtern, Lea. Hast du nicht insgeheim gehofft, du würdest sie wiedersehen?

Ich fühle mich von meiner inneren Stimme ertappt.

„Hallo, ich bin Moritz", wesentlich lockerer als ich, redet er munter drauf los. Der gleiche Alltagsstress, die gleichen Familiensorgen, stellen wir alle vier schnell fest.

Mitten im Small Talk versunken, rückt Luna raus mit der Sprache.

„Heute Nachmittag im Spa-Bereich haben wir euch absichtlich ein bisschen provoziert. Mit Erfolg, hatte ich den Eindruck, oder?"

Peng! Voll erwischt.

Sofort werde ich feuerrot.

„Ja, wir hatten sehr viel Spaß. Macht ihr öfter so auf euch aufmerksam?", fragt Moritz direkt.

„Ja", gibt Patrick schamlos zu.

Aha, denke ich. Auch eine Möglichkeit, Menschen kennenzulernen.

Als wir uns verabschieden, tauscht Moritz mit Patrick die Telefonnummern aus.

„Was willst du denn damit?", frage ich ihn verwundert.

„Man kann nie wissen, wofür solche Kontakte gut sind", küsst mich und flitzt zum Lift.

Lustmomente

Zwei frische Croissants und vier kleine Donuts mit viel Schokolade warten darauf, vernascht zu werden.

Nach wochenlangen Überstunden, habe ich heute frei und freue mich auf ein gemeinsames Frühstück mit Moritz. Annabelle und Charly sind bereits in der Schule. So bleibt uns genügend Zeit zu zweit.

Moritz muss für drei Tage auf Geschäftsreise nach Berlin und ich möchte ihn mit etwas Süßem überraschen. Wir beide lieben Schokolade.

Zu Hause angekommen, werfe ich meinen Mantel über die Garderobe und husche zur Küche.

„Kaffee ist fertig, Moritz."

Dass ich außer den Donuts und den Croissants eine weitere Überraschung parat halte, verschweige ich.

Frisch geduscht mit noch nassem Haar steht er Sekunden später vor mir. Mein Gott, immer noch attraktiv der Kerl. Auch er kann seine Blicke nicht von mir lassen.

Ein winziger String mit roter Spitze bedeckt charmant meinen Venushügel und ein fast durchsichtiger BH betont meine kleinen, festen Brüste.

„Ich habe dir etwas zum Naschen mitgebracht", lächele ich ihn verschmitzt an und lasse lasziv meine Zunge entlang meiner Lippen gleiten.

Er grinst, kommt auf mich zu. Unsere Wangen berühren sich sanft, ich nehme den unverkennbaren Duft seines Aftershaves auf.

„Du kleines Luder", haucht er mir ins Ohr.

Jetzt steht er direkt hinter mir, umarmt mich, packt meine Brüste und küsst zärtlich meinen Hals.

„Warte bloß ab, was ich mit dir mache, wenn ich wieder zurück bin!"

Ich spüre seinen prallen Schaft, der - eingesperrt in seiner Hose - nach Freiheit ruft.

„Mhh, du bekommst Gänsehaut mein Schatz, kannst es kaum abwarten."

Ertappt, mein Lieber. Zu gerne würde ich hier und jetzt über dich herfallen, deinen Schwanz packen und ....

Meine triebhafte Seele ist nicht mehr zu bremsen.

„Lass uns auf die mitgebrachten Naschereien stürzen", lenke ich ab, beiße genüsslich in einen Donut und gebe Moritz einen feuchten Schokoladenkuss.

So albern wir noch ein bisschen herum, necken uns, törnen uns gegenseitig an.

„Ich werde dich nach meiner Rückkehr verschlingen, Lea."

Dann ruft die Pflicht und ehe ich mich versehe, zischt Moritz ab in Richtung Flughafen. Ich höre noch die Tür ins Schloss fallen, den Hund der Nachbarin bellen und das Taxi wegfahren. Ruhe kehrt ein.

***

Seit unserem gemeinsamen Liebeswochenende vor einigen Wochen hat sich einiges verändert. Obwohl der Alltagsstress gleich geblieben ist, nehmen wir uns endlich wieder mehr Zeit füreinander.

Moritz kam auf die Idee, eine „erotische Wunschbox" einzuführen. Jeder darf drei Wünsche notieren, die dann in regelmäßigen Abständen gezogen und nach Möglichkeit erfüllt werden.

„Ich möchte, dass du Nylonstrümpfe mit einem Strapsgürtel trägst, wenn wir das nächste Mal ausgehen", war sein erster Wunsch. Ich wünschte mir, dass Moritz zuschaut, wie ich mich selbst verwöhne.

Welchen Wunsch habe ich wohl als Nächstes? Gefesselt und ausgeliefert zu sein? Als Objekt der Lust im Mittelpunkt des Abends zu stehen? Oder sich lieber von mehreren Händen streicheln, küssen und verwöhnen zu lassen?

Prima Lea, es wird Zeit, dass du auf mich, deine innere Stimme hörst. Lebe deine Phantasien und Sehnsüchte endlich aus.

Schluss jetzt!

Schnell ziehe ich mir Jeans und Bluse über meine hübschen Dessous, schalte meine Lieblingsmusik ein und tanze durch das Haus. Das mache ich immer so, wenn langweilige Hausarbeit ansteht und ich die liegengebliebenen Socken meiner Familie wegräume.

***

Um 13 Uhr bin ich mit Eva in der Stadt verabredet, die ausnahmsweise pünktlich ist. Wir haben uns länger nicht gesehen. Kaum sitzen wir in unserem Lieblings-Café, will sie natürlich gleich wissen, wie mein Wochenende mit Moritz war.

„Seit langem hatte ich nicht mehr so tollen Sex mit Moritz", sprudelt es aus mir heraus.

„Überall haben wir es getrieben: draußen im Whirlpool unserer Lodge, im riesengroßen Doppelbett und unter der Rainshower-Dusche. Aber der absolute Hammer war unsere Massage."

„Massage? Was für eine Massage?", hakt sie nach.

„Beim Buchen unserer Wellness-Pakete fiel mir sofort eine Massage für Paare ins Auge; war zwar nicht billig, aber so ziemlich das Aufregendste, was ich bisher erlebt habe."

„Ach ja? Jetzt aber mal raus mit der Sprache", Evas Neugier ist nicht mehr zu bremsen.

Genüsslich trinke ich ein Schlückchen Prosecco, will sie ein wenig zappeln lassen. Dann beginne ich, ihr alles bis ins kleinste Detail zu erzählen:

„... und stell dir vor, am Ende ließen uns die beiden Masseurinnen alleine."

„Und, was habt ihr zwei dann gemacht, Lea? Lass dich nicht so feiern. Das Beste kommt doch bestimmt zum Schluss?"

„Na, kannst du dir das nicht denken?", versuche ich ihr zu entkommen.

„Denken, ich will das genau wissen."

Eva hat recht. Das Beste kam tatsächlich zum Schluss.

„Als Kairi und Suna den Raum verließen, stand Moritz in seiner ganzen Mannespracht vor meiner Massageliege. Mein Körper war komplett eingeölt und lag da, wie eine reife Frucht.

Kairi hatte mich mit ihren kleinen zarten Fingern an meinen Brüsten und zwischen meinen Schenkeln dermaßen stimuliert, dass ich zerfloss wie heiße Lava und endlich Erlösung suchte.

Moritz küsste mich leidenschaftlich. Mit der einen Hand massierte er meine ölige Brust und glitt gleichzeitig mit der anderen Hand zwischen meine Beine direkt in meine heiße und feuchte Spalte. Seine Finger versanken tief in mir und es bahnte sich das sanfte Klopfen an, das ich immer wahrnehme, bevor mein Höhepunkt anrückt.

Vorsichtig kletterte er auf mich, stützte sich seitlich mit seinen Knien ab, beugte sich über mich. Unsere Oberkörper klatschten aneinander, als wir uns gierig küssten.

Ich spürte seine Spitze. Dann drang er tief in mich ein. Seine rhythmischen Stöße trieben mich zum Wahnsinn und wir verschmolzen wie zwei Wassertropfen in einem Meer der Lust und Leidenschaft."

„Eva? Bist du noch da?", meine intimen Ausführungen scheinen Eva sprachlos gemacht zu haben.

„Ähm, ja, also ehrlich gesagt, ich weiß nicht, was ich sagen soll", stammelt Eva, während sie am Strohhalm ihres Latte Macchiatos kaut.

Ich kann die Begierde in ihren Augen sehen, meine Erzählung hat sie offensichtlich erregt.

„Wir waren total geflasht. Die ganze Heimfahrt über haben wir davon gesprochen."

„So eine Massage würde mir auch nicht aus dem Kopf gehen", gesteht sie.

„Auf jeden Fall hat dieses Wochenende zur Aktivierung unseres Sexlebens beigetragen", füge ich an.

Dass Alex mit seiner erotischen Fessel-Story ebenfalls meine Phantasien beflügelte, verschweige ich meiner besten Freundin.

„Na, dann bin ich aber sehr gespannt, von welchen Abenteuern du mir das nächste Mal erzählst."

„Ich auch", antworte ich motiviert.

„Lass uns zahlen, Lea. Ich will dir unbedingt noch die neue Boutique meiner Bekannten zeigen. Es ist eine Art Concept-Store mit tollen Accessoires, aber vor allem mit außergewöhnlichen Klamotten für Drunter und Drüber."

***

„Wow, nicht schlecht", staune ich, als wir vor dem prachtvollen Schaufenster stehen.

Mehrere sexy Outfits, dekoriert zwischen edlen Accessoires, buhlen dort um die Wette und laden ein, das Geschäft von innen entdecken zu wollen.

Das Ambiente ist umwerfend, das Interieur perfekt aufeinander abgestimmt. Beim Eintreten fällt mir sofort die kleine Bar auf. Das Aroma von frischen Kaffeebohnen zieht durch meine Nase. Im vorderen Bereich befinden sich Wohn-Accessoires, die geschickt illuminiert angestrahlt werden.

Ganz hinten sind die Lingerie sowie die Umkleidekabinen. Davor stehen zwei gemütliche Sessel mit Beistelltisch. Ideal für die Herren, dort zu verweilen, während ihre Frauen in Ruhe zur Anprobe gehen.

„Hallo Eva, schön, dass ihr die Zeit gefunden habt, vorbeizukommen", ertönt es von weitem.

Eine sehr adrett und gut aussehende dunkelhaarige Dame kommt auf uns zu. Sie begrüßt Eva sehr innig und ich bilde mir ein, dass Eva ihr zuzwinkert.

„Ich bin Liz und sie müssen Lea, die beste Freundin von Eva sein?", begrüßt sie mich freundlich.

„Darf ich Euch zu einem Gläschen Prosecco einladen?" „Natürlich darfst du", erwidert Eva und ihr frecher Blick trifft sich mit meinem Fragenden.

Während Eva und Liz tiefgreifende Gespräche über Männer führen, nutze ich die Gelegenheit, mich ein wenig umzusehen.

Zwischen Wohnaccessoires, edlen Schreibwaren und Schmuck erblicke ich einen kleinen Tisch. Ein nacktes Paar räkelt sich auf dem Cover eines Hochglanz-Magazins.

Er, umhüllt von weißem Satin, grinst mit seinem Dreitagebart in die Kamera. Sie umarmt ihn, ihre blonden langen Haare umschmeicheln den zarten Rücken.

Was ist das? Unter dem Magazin liegt ein abgegriffenes Taschenbuch. Ein altes mystisches Herrenhaus mit dem Schriftzug „Chateau Bizarre" fängt meine Blicke ein.

Das muss ich mir anschauen. Neugierig schlage ich die erste Seite auf.

„Na, schon fündig geworden?", unterbricht mich Liz. Überrumpelt lege ich das Buch zur Seite.

„Wie ich sehe, hast du, ähm, Sie meine kleine erotische Literaturecke entdeckt."

„Kein Problem, Liz, wir können uns gerne duzen. Ja, gemütliches Eckchen."

„Außer den üblichen Magazinen findest du hier im Regal ausgefallene Bücher. Manche Kunden kommen zu mir, genießen einen Cappuccino und lesen stundenlang. Besonders die Herren, die sich die Zeit vertreiben während ihre Frauen einkaufen", amüsiert sich Liz.

„Tolle Geschäftsidee. Das ist auch etwas für meinen Mann. Das nächste Mal bringe ich ihn mit", lachend gehen wir zur Lingerie.

Edle Dessous und ausgefallene Outfits sind akkurat nach Größe und Farben sortiert.

„Lege alles hier auf den Stuhl, Lea. Ich bringe dir gerne alles in die Umkleide", bemerkt Liz aufmerksam meine Unentschlossenheit.

Eva ist wie immer viel zielstrebiger. Nach ihrem Plausch mit Liz wird sie schnell fündig und verschwindet mit gleich drei Kleidern in die Umkleidekabine. Der Vorhang bleibt offen.

Sie zieht ihr T-Shirt über den Kopf, lässt ihren kurzen Minirock an ihren Pobacken herunterrutschen. Im String und mit nackten Brüsten steht sie in der offenen Kabine. Typisch Eva. Gott sei Dank kann man vom Eingangsbereich nichts einsehen.

Liz reicht ihr das erste Kleid: goldfarben mit tiefem Dekolleté, dazu stellt sie ihr die passenden High-Heels parat. Umwerfend. Alles passt wie angegossen. Hauteng, kein Zentimeter Stoff zu viel. Das Kleid zeichnet ihren schönen Busen ebenso ab, wie ihren geilen Hintern. Das muss ich neidlos anerkennen.

Ich probiere zuerst das Schwarze an. Es hat Spaghetti-Träger, einen für meine Verhältnisse gewagten Ausschnitt und einen raffinierten Seitenschlitz, der keinen Slip zulässt. Dazu stellt Liz ebenfalls passende Schuhe bereit. Perfekt.

„Kann ich Euch noch einen Prosecco bringen?", ruft Liz von der Kaffeebar. Die Stimmung steigt, wir lachen und kichern.

„Ihr seid ungestört", versichert sie uns.

Dabei sieht sie Eva lächelnd an. Das Knistern zwischen den beiden bleibt mir nicht verborgen. Da läuft doch etwas, denke ich und erinnere mich an Evas Worte, sich eine Liebhaberin zu suchen. Meine Gedanken gehen fremd.

Liz zieht Eva vorsichtig das Kleid aus und streichelt ihr fast unbemerkt sanft über den Rücken. Eva ist erregt, das kann ich an ihren festen Nippeln erkennen. Mir gefällt dieses anmutende Spiel der beiden Frauen.

Sie schauen zu mir rüber, lächeln und küssen sich Während Liz Evas Brüste liebkost, tastet Eva sich langsam unter den Rock von Liz, die leise stöhnt. Auch bei mir hinterlässt diese Szene ihre Wirkung. Mein Venushügel pocht...

„Wie gefällt dir das Outfit?", unterbricht Liz meine frivolen Vorstellungen.

„Sag mal, hast du auch ausgefallene Push-Ups? Ich suche einen BH, der meinen Busen betont und einen schönen Ausschnitt zaubert."

„Selbstverständlich. Du wirst staunen. Körbchen Größe 75B, oder?"

„Ja", ich bin überrascht, wie gut sie ihre Kundinnen einschätzen kann.

„Mensch Lea", meldet sich Eva, „jetzt willst du es aber wissen. Liz, bring mir auch gleich etwas mit."

„Hammer. Einer schöner als der andere", staunen Eva und ich gleichzeitig. Liz steht mit einer Auswahl edelster BH's vor uns.

„Schau mal, Lea, dieser schwarze gefütterte Push-Up-rückt deinen Busen ins rechte Licht. Hier in der Mitte ist ein Triangel, der die Brust ziert. Er symbolisiert das Liebesdreieck von Maria Callas in der Oper AIDA. Ein Mann zwischen zwei Frauen. Die schmalen Träger kreuzen am Rücken und die Fütterung sorgt für extra Halt", erklärt sie mir fachmännisch.

„Dieses kleine Polster und der anliegende Bügel hier sorgen für einen tiefen Ausschnitt und ein sexy Dekolleté."

„Wow", einstimmig lassen Eva und ich unserer Begeisterung freien Lauf.

„Umwerfend, der gefällt mir, den probiere ich gleich an", entzückt, schnappe ich mir den BH und gehe zur Kabine.

Liz bringt mir zwischenzeitlich den passenden Slip, bei dem der Triangel hinten ist.

„Pfiffiges Teilchen, du siehst richtig scharf darin aus", schwärmt Eva, als ich mich vor den beiden Frauen präsentiere.

„Ja", gesteht Liz, „Du siehst verdammt sexy darin aus, wenn ich das so sagen darf. Dein Busen kommt super zur Geltung. Da wird sich dein Mann ganz bestimmt freuen, wenn du ihn damit überraschst."

Sie kommt auf mich zu, berührt zart meine Körbchen.

„Ob für den Ehemann oder Freund, das Teil ist auf jeden Fall rattenscharf", wirft Eva vorlaut ein.

„Ok, gekauft", entscheide ich mich rasch. Evas Anspielung überhöre ich.

***

Endlich Samstag. Als ich aufwache, vermisse ich Moritz, der heute von seiner Geschäftsreise zurückkommt.

Es ist früh, Lust zum Aufstehen habe ich nicht, kuschele mich lieber in sein Kopfkissen. Es dauert nicht lange, da fallen mir die Augen wieder zu:

Einkaufen gehen, Eltern anrufen, Charlys Hausaufgaben kontrollieren...

Lea, es ist Wochenende, hör auf, ständig zu denken. Entspann dich.

Nach wenigen tiefen Atemzügen werde ich ruhiger.

Plötzlich tauchen nach und nach Umrisse einer orientalischen Zeltstadt auf. In der Mitte erstrahlt zwischen Palmen ein wunderschönes Beduinenzelt. Rot, gelb, orange: das Farbspiel zieht meine Neugier an. Vor dem Eingang stehen große Weidenkörbe, gefüllt mit Orangen, Zitronen, Gewürzen.

Zwei Orientalinnen mit roten Suleikas und Schleier öffnen mir freundlich den Vorhang, ich trete ein.

Der Duft von Moschus berührt meine Sinne. Ein buntes Treiben überall: Tänzerinnen, die geschickt ihren Körper zur orientalischen Musik bewegen, Shisha-Ecken und ein großer Baldachin in der Mitte auf dem sich nackte Frauen tummeln.

Wie hypnotisiert lege ich mich zu ihnen. Sofort spüre ich mehrere Hände, die meinen Körper ertasten.

Lass deinen unanständigen Gedanken freien Lauf, Lea.

Vertieft in meinen Film, lasse ich meine rechte Hand zu meiner Scham gleiten, stelle mir vor, es sei die schöne Dunkelhaarige auf dem Bett neben mir.

Schamlos tauche ich ein in mein heißes nasses Lustzentrum, berühre sanft meine zarte Lustperle. Ich will aufschreien und presse mir ein Kissen auf den

Mund. Meine Finger machen weiter und gleiten sachte auf meiner Klit hin und her. Ich atme schneller, fühle mich hemmungslos. Meine Finger werden hastiger, massieren intensiver. Ich bin kurz vor dem Höhepunkt und will mich von meiner geballten Lust erlösen.

„Mama, ist bei dir alles okay?", höre ich Charly durch die geschlossene Tür rufen. Sofort höre auf zu stöhnen, bin ganz leise. Meine Hand steht still. Mein ganzer Körper erstarrt. Ich höre ein lautes Klopfen an meiner Zimmertür.

„Mama?"

„Äh, ja, was ist denn mein Schatz?", antworte ich schnell. „Ich will ins Bad, aber Annabelle lässt mich nicht rein."

***

Nach einer ausgiebigen Dusche, renne ich in die Küche. Tomaten mit Mozzarella, dazu eine klassische Quiche Lorraine, die ich gestern vorbereitet habe, warten im Kühlschrank. Zusammen mit einem frischen Baguette und einem Fläschchen Wein möchte ich den Abend mit Moritz genießen.

Am Treffpunkt im Terminal angekommen, laufe ich Moritz von weitem freudestrahlend entgegen, küsse ihn stürmisch.

„Hallo Schatz, schön, dass du wieder da bist. Ich habe dich vermisst. Wie war dein Flug?"

„Alles in Ordnung. Ich freue mich, wieder zu Hause zu sein. Das Meeting war anstrengend und ich bin ziemlich kaputt."

„Dann habe ich genau das Richtige für dich. Annabelle und Charly sind bis morgen bei ihren Freundinnen zum Übernachten", meine Freude ist kaum zu überhören, „sturmfreie Bude!"

Er mustert mich von oben bis unten.

Ein kurzes Röckchen betont meine schönen Beine, dazu trage ich eine enge Bluse und mein neuer Push-Up zaubert ein verlockendes Dekolleté, wie ich den fesselnden Blicken von Moritz entnehme.

„Sexy siehst du aus, zum Anbeißen. Dieser zauberhafte BH ist neu, oder? Lass uns keine Zeit verlieren und los fahren", stellt er aufmerksam fest und gibt mir einen Klaps auf den Po.

Im Auto kann Moritz nicht von mir lassen, streichelt sofort mein Bein, vergräbt sich langsam zwischen meine Schenkel.

„Ah, du trägst keinen Slip, was führst du im Schilde?"

Meine Lust ist kaum zu bändigen, ein heftiges Zittern im Unterleib lässt mich unruhig werden.

„Schatz, wir sind gleich zu Hause. Du machst mich nervös", versuche ich ein wenig abzulenken."

„Ich mache dich nervös? Wer holt denn seinen Mann in einem verführerischen Outfit vom Flughafen ab? Alleine für deinen neuen BH brauchst du einen Waffenschein."

Sämtliche frivolen Phantasien der letzten Tage holen mich ein. Er hat recht. Ich bin sehr erregt und kann es tatsächlich kaum erwarten, ihn zu spüren.

Zu Hause angekommen, schließe ich schnell die Haustür auf, lasse Schlüssel und Tasche fallen.

Wir sehen uns tief in die Augen, mehr brauchen wir nicht. Leidenschaftlich und besessen fallen wir übereinander her, reißen uns die Kleidungsstücke vom Leib.

Sein bestes Stück ist wunderbar prall, ich will ihn in mir aufnehmen und genüsslich verschlingen.

Von unseren Trieben beherrscht, schaffen wir es gerade bis zum Esstisch.

Ohne Vorspiel, jetzt gleich wollen wir es wissen. Ein kurzes „nimm mich" genügt und Moritz dringt mühelos in mich ein. Der harte Tisch drückt empfindlich auf meinen Rücken. Doch das ist mir egal. Ich schlinge meine Beine um seinen Po, gebe mich seinem Rhythmus hin. Wild verkeilen sich unsere Zungen ineinander, unsere Körper klatschen verschwitzt aneinander. Unsere Gier ist nicht mehr zu bremsen. Lautes und zügelloses Stöhnen treibt uns gleichzeitig zum Orgasmus. Atemlos und überwältigt von Glücksgefühlen und Leichtigkeit liegen wir eng umschlungen auf dem Tisch, getragen von wohliger Zufriedenheit.

„Ich habe dich vermisst", schaut er mich verliebt an, „ich liebe dich."

Ungestüm wie zwei Teenager treiben wir es an diesem sturmfreien Samstagabend immer und immer wieder. Einmal mit Spielzeug, einmal eingeölt und am Ende unter der Dusche. Erschöpft liegen wir Arm in Arm auf unserer Couch und sind glücklich.

***

„Mama, wo ist mein Pailletten T-Shirt?"

Resolut bäumt sich meine pubertäre Tochter vor mir auf. Sie meint es ernst, dass erkenne ich sofort. In diesem Alter gibt es nichts Schlimmeres als Montagmorgens mit dem falschen T-Shirt zur Schule gehen zu müssen. Schließlich ist das Outfit mit den anderen Freundinnen seit Tagen abgesprochen.

Ich schmunzele. Denn in meinen Gedanken bin ich woanders: zwischen Marmelade und Butterbrot liege ich auf dem Tisch und genieße den geilen Fick mit Moritz.

„Was ist los? Warum grinst du so, Mama?", fragt Charly.

Redegewandt lenke ich von einer Antwort ab und versuche, mich auf meine Rolle als Mutter zu konzentrieren. Unglaublich, wie mir das immer wieder gelingt.

Der Alltagstrott hat mich schnell wieder fest im Griff, routinemäßig erledige ich meine Arbeiten.

„Hallo Schatz, mir fällt es schwer, mich heute zu konzentrieren. Immerzu denke ich an unseren heißen Sex vom Wochenende. Du machst mich verrückt. Ich liebe dich", schreibt mir Moritz eine SMS, als ich auf dem Weg ins Büro bin.

Mir wird ganz heiß. Das hat Moritz gefallen. Wir haben so viele Stellungen ausprobiert, dass ich Muskelkater habe.

„Lass uns heute Abend da weitermachen, wo wir am Wochenende aufgehört haben", antworte ich ihm und füge mutig hinzu, „in einem verführerischen Outfit erwarte ich dich, Kuss, Lea!"

„Endlich geschafft?", als Moritz gegen 20 Uhr nach Hause kommt, begrüße ich ihn mit einem Gläschen Cremant. Frisch geduscht und eingecremt, trage ich nur einen Strapshalter mit Nylons und meinen neuen BH. Ein Hauch von Nichts, das Männerherzen höher schlagen lässt.

„Wow, siehst du klasse aus. Gib mir zwei Minuten in der Dusche, ich beeile mich", er küsst mich und verschwindet im Bad. Neben dem Bett habe ich meine Augenmaske, meinen Lieblings-Dildo und kleine Naschereien vorbereitet. Das Spiel kann beginnen.

Moritz kommt nackt aus dem Bad, reicht uns die Sektgläser und erhebt sein Glas:

„Lass uns auf dich anstoßen mein Schatz. Eine wundervolle Frau, die es immer wieder schafft, mich in ihren Bann zu ziehen!"

Hingebungsvoll lege ich mich auf unser großes Bett. Überall habe ich Kerzen aufgestellt, im Hintergrund läuft unsere Lieblingsmusik.

Verliebt beugt er sich zu mir, küsst mich, spielt einfühlsam mit seiner zarten Zunge zwischen meinen Lippen. Ich schmelze dahin und erwidere seine Zungenschläge. Er packt mich mit seinen Händen, zieht mich an sich. Ein wundervolles Prickeln durchströmt meinen Körper. Mir wird ganz heiß. Lustvoll schiebe ich ihm mein Becken entgegen, mit kreisenden Bewegungen reibe ich seinen Schwanz. Er saugt an meinen abstehenden Nippeln, mal zart, mal hart. Er weiß genau, was ich brauche, um willenlos zu werden.

Ich spüre, wie ich feucht werde und warte sehnsüchtig darauf, seine Manneskraft in mir zu spüren. Doch Moritz lässt mich zappeln.

„Nicht so hastig, schöne Frau", kokettiert er, „jetzt bin ich dran und nasche an deinem süßen Honig."

Er spreizt meine Schenkel und versinkt mit seinem Gesicht zwischen meinen Beinen. Ich spüre seinen warmen Atem und will nur eins: Seine Zunge tief in mir spüren. Seine Nackenhaare stellen sich auf. Seine Zungenspitze spielt mit meiner Perle, leckt meine Schamlippen und gleitet anschließend genüsslich durch meine Spalte. Endlich dringt er mit seinem Finger tief in mich ein. Meine feuchte Quelle wird zum rasenden Fluss.

„Oh ja, ich komme gleich", stöhne ich laut, packe ihn fest im Nacken und presse ihn an mich. Unbeirrt leckt und massiert er mich weiter, unaufhaltsam bis sich meine Lustgrotte fest zusammenzieht. Endlich! Ich bin auf dem Höhepunkt.

„Oh ja", befreiend stöhne ich meine ganze Lust heraus.

Moritz lässt nicht locker, spielt das Spiel weiter, ist unersättlich. Seine Zunge, seine Finger sind überall. Ich versuche, mein Becken zurückzuziehen. Doch er packt mich fest mit seinen Händen um meine Hüfte, befriedigt mich unaufhaltsam weiter.

„Komm, lass es raus, ich spüre deine Geilheit."

Wahnsinn. Er leckt meine empfindlichste Stelle, ich kralle mich am Bett fest, will ausweichen, alles zuckt. Dann erfasst mich die Welle ein zweites Mal und reißt mich in die Tiefe.

Erst jetzt lässt Moritz langsam locker, küsst zärtlich meinen Bauchnabel.

Mit seinen Beinen schiebt er meine Schenkel auseinander, beugt sich über mich. Seine Schwanzspitze dringt langsam in mich ein.

„Fuck, wie schön eng du bist", seufzt er.

Ich liege auf dem Rücken und genieße seine rhythmischen Stöße, die sich nach und nach steigern und schneller und härter werden. Ich klammere mich am Bettrahmen fest, um seinem Druck entgegenzuhalten. Keine Sekunde später bäumt sich seine pralle Pracht in mir auf und ergießt sich tief in meiner Höhle.

„Das war geil", erschöpft fallen wir in die Kissen, atmen durch und genießen den Moment.

Upper Sex

Lea und ich kommen rechtzeitig zum ausgemachten Treffpunkt vor die Bar. Sie trägt ihren gelben Minirock zusammen mit ihren schwarzen Lieblingspumps, gemusterte Strümpfe, eine weiße Bluse. Die obersten drei Knöpfe sind geöffnet, damit ihr Dekolleté sichtbar wird. Ihr wunderschöner BH setzt dabei ihren Busen ordentlich in Szene.

Ich habe mich für eine dunkle Jeans, grünes Hemd, schwarzes Sakko und schwarze Schuhe entschieden. Das sieht smart aus. Dazu mein nettes Lächeln. Mehr geht nicht.

Vor uns steht ein attraktives Paar. Er ist größer als ich und wahrscheinlich der Traum aller Frauen mit seinen langen Haaren und seinem verwegenen Bart. Sie wirkt sehr graziös. Ihr enges Kleid betont ihren schlanken Körper. Volle Brüste ragen verführerisch aus dem Ausschnitt hervor und laden zum Spielen ein.

Süffisant lächelt sie mich an, ihr Blick frisst mich auf. Die Lady ist keinesfalls schüchtern, zur Begrüßung küsst sie mich beherzt auf den Mund.

„Lasst uns reingehen", schlägt uns der Unbekannte gleich vor.

Durch den hellen Mondschein erhasche ich Leas Silhouette im Augenwinkel. Sie sieht umwerfend aus. Ein leichtes Zucken macht sich in meiner Hose breit. Wie es scheint, bin ich bereit für das Abenteuer.

Die Ladies nehmen direkt an der Bar Platz. Wir Herren bleiben lieber stehen, schauen auf die hübschen Beine unserer Frauen. Ob sie wohl einen Slip tragen?

Zur Beruhigung bestelle ich mir einen Whiskey, so heiß macht mich die schöne Lady. Ihren Namen hat sie mir noch nicht verraten.

Lea wird gänzlich von dem attraktiven Bärtigen in Beschlag genommen. Die beiden flirten heftig, er kann seine Hände nicht von ihr lassen. Den beiden zuzuschauen, reizt mich.

„Cheers", lasziv zwinkert mir die Lady zu und wirft ihre blonden Haare zur Seite. Unsere Blicke treffen sich, sie reicht mir ihre Hand und zieht mich an sich.

Mit ihren knallroten Lippen küsst sie mich unablässig, ihre Zunge sucht zielstrebig meine. Wild schlagen unsere Zungen umher. Wer frisst wen? Ungezügelte Begierde überfällt uns. Entschlossen packt sie mich fest an den Armen, klemmt mich fordernd zwischen ihre Schenkel.

Auch Lea ist in ihrem Liebespiel, wie ich beobachten kann. Genüsslich lässt sie sich ihre Brüste massieren.

Autsch! Ein fester Klaps auf meinen Hintern lässt mich zusammenzucken. Die schöne Lady will es wissen. Angriffslustig ziehe ich sie fest an mich und lasse meine Hand seitlich heruntergleiten bis ich ihre linke Brust am Ansatz ertaste. Dann packe ich fest zu. Unbeherrscht stöhnt sie auf.

„Ganz schön mutig der Herr."

Wollüstig räkelt sie sich hin und her und genießt die Blicke anderer Gäste, die uns beobachten.

Unglaublich, dieses Weib.

Lässig öffnet sie einen Knopf an ihrer Bluse und positioniert sich so, dass ich auf ihre üppige Oberweite Möpse schauen kann. In meiner Hose wird es enger.

Das merkt auch sie, kann es nicht lassen, mit ihren Schenkeln daran zu reiben. So langsam komme ich ins Schwitzen, mein Schwanz pulsiert immer heftiger.

Die Stimmung ist aufgeheizt. Die schöne Lady flüstert Lea etwas zu, dann verschwinden die beiden zur Toilette.

Zeit für mich, ein wenig abzukühlen und mir ein großen Schluck zu genehmigen.

Als sie wieder kommen, sehe ich an Leas Grinsen, dass die beiden etwas ausgeheckt haben.

„Folge mir", unbeirrt nimmt die Lady mich an die Hand und führt mich Richtung Waschräume. Ich schaue zurück, sehe Lea, dir mir zuzwinkert. Was führen die zwei im Schilde? Bin ich das Opfer eines teuflischen Plans? Egal. Ich bin geil und widerstandlos, als ich mit der Fremden verschwinde.

Eine steile Treppe nach unten führt zu den Waschräumen. Unten angekommen, zieht sie mich in eine dunkle Ecke. Dann langt sie direkt an meine ausgebeulte Hose und beginnt mich zu küssen.

Oha, mein Puls steigt rasant. Ich versuche, etwas zu sagen, aber sie gibt mir keine Chance. Sie weiß, was sie will und das ist nicht Reden. In meiner Hose wird's enger und enger. Für einen kurzen Moment habe ich Angst, sie könnte platzen.

Energisch packt sie meine Hand, will, dass ich ihr zwischen ihre Schenkel fasse. Ihr Slip ist klitschnass.

„Du kleines Biest."

„Zieh ihn aus!", befiehlt sie mir.

Im Hintergrund höre ich Gäste auf und ab gehen. Gewillt streife ich ihr Höschen ab. Auf einmal bemerke ich einen Gast, der uns ungeniert beobachtet. Ich schaue zu ihm rüber und lasse dabei meine Hände durch ihre Spalte gleiten.

Schritte, die immer näher kommen, unterbrechen unser provokantes Spiel.

Als sei nichts geschehen, zupfen wir unsere Kleidung zurecht, amüsieren uns über die gewagte Situation.

Mit ihrem Slip in meiner Jackentasche gehen wir wieder nach oben, zurück zu den anderen beiden.

Noch bevor ich etwas sagen kann, springt Lea von ihrem Barhocker:

„Jetzt muss ich mir mal die Nase pudern. Kommst du mit?", nimmt Lea ihren Verehrer an die Hand und verschwindet mit ihm.

„Ob die beiden auch so viel Spaß haben werden, wie wir?", frage ich die schöne Lady.

„Mach dir mal darüber keine Sorgen, den werden sie haben, mein Lieber."

Es dauert nicht lange, als Lea mit dem Unbekannten zurückkommt.

„Deine Frau ist eine ganz Durchtriebene, ich muss meine Trophäe hier an der Bar abholen", heizt er die Stimmung an.

Sichtlich erregt, lässt er seine Hände langsam unter Leas Rock wandern. Gleichzeitig hebt sie ihr Becken an und rutscht ihm entgegen. Routiniert hakt er sich mit seinem Zeigefinger in den String ein, zwinkert uns dabei zu.

Seine Augen flackern, dicht rückt er zwischen Leas Beine und zieht gleichmäßig und meisterhaft den Slip bis an ihre Knie. Ein Blick nach links, ein Blick nach rechts, Ruck Zuck zieht er ihr den Slip aus und legt ihn stolz auf die Theke.

„Wo ist deine Trophäe?", fragt mich Lea keck.

Ungeniert lege ich das kleine Teil – ein Hauch von nichts - ebenfalls hin.

Der Barkeeper schaut mich kurz an, wendet sich aber sofort wieder ab. Er hat wohl Wichtigeres zu tun und wahrscheinlich erlebt er das nicht zum ersten Mal. Hammer, was für eine prickelnde Situation.

***

2 Uhr. Es ist spät geworden. Nach meinem mittlerweile dritten Whiskey neigt sich die Nacht dem Ende zu und wir beschließen zu gehen.

„Sollen wir euch zum Hotel bringen?" Noch bevor ich antworten kann, entgegnet Lea:

„Ja gerne, wenn es euch keine Umstände macht."

Wir trinken unsere Gläser leer und verlassen die Bar. Mit einem „Daumen hoch"-Zeichen verabschiedet sich der Barkeeper und lacht mich dabei an.

Am Auto angekommen, steigen die beiden Ladies sofort hinten ein und mir entgeht nicht, dass der Unbekannte seiner Partnerin durch den Rückspiegel zuzwinkert.

Kaum losgefahren, dringt leises Stöhnen zu mir vor, schmatzende Küsse regen meine Phantasie an.

„Alles ok dahinten?"

Neugierig drehe ich mich um. Zwei wunderschöne Frauen sitzen eng umschlungen auf dem Rücksitz, küssen und streicheln sich. Ich stelle mir vor, ich liege zwischen ihnen, knete ihre Brüste, lasse mich verwöhnen.

„Willst du dich nicht zu den Ladies gesellen?", fragt mich der Unbekannte.

Und ob ich will. In Windeseile öffne ich die Beifahrertür, steige um und lasse mich in die Mitte nehmen. Bevor ich mich versehen kann, kramt die schöne Lady eine Augenmaske aus der Seitentasche. Dann wird es dunkel.

Als das Auto losfährt, spüre ich bereits fleißige Hände in meinem Schritt. Mein praller Schaft wird freigelegt und von zwei zarten Händen liebkost und mit festem Griff massiert. Die Situation macht mich scharf. Ich habe keine Ahnung, wer was mit mir macht, höre nur Stöhnen und spüre heißen Atem. Mein Kopfkino läuft auf vollen Touren.

Ungeduldig wie ein kleiner Junge, taste ich neugierig meine Umgebung ab.

„Nichts anfassen!", tadelt mich die Lady, jemand haut mir auf die Finger. Autsch, das war heftig.

Mein Inneres vibriert, das Spiel, ausgeliefert zu sein, reizt mich. Wenn die beiden Ladies so weitermachen, komme ich gleich.

Dann spüre ich weiche Brüste im Gesicht, die ich der schönen Lady zuordne. Genüsslich lasse ich meine Zunge über ihre harten Nippel gleiten.

Lea schleckt derweil an meiner Mannespracht. Oh mein Gott, ist das geil.

Während sich die beiden intensiv meinem Wohlergehen widmen höre ich, wie die Fensterscheiben heruntergelassen werden. Der Wagen stoppt. Ich vermute, wir stehen an einer Ampel. Dann nehme ich Motorengeräusche wahr.

„Wir werden beobachtet", lässt mich Lea wissen.

„Dann wollen wir ihnen doch mal zeigen, was wir haben und können, Lea", weist die Lady an.

Beide lassen ruckartig von mir ab.

„Wie es scheint, gefällt es deiner Frau, von mir die Brüste massiert zu bekommen - und den anderen im Auto drüben auch", neckt mich die Lady.

Ich höre Leas Stöhnen. Wilde Gedanken rauben meine Sinne. Ich bilde mir ein, Lea streckt ihren nackten Hintern aus dem Fenster, wird gleichzeitig an ihren Brüsten massiert und bläst einen fremden Schwanz. Alles dreht sich in meinem Kopf.

Wieder spüre ich etwa Weiches in meinem Gesicht. Die Ladies treiben mich zum Wahnsinn mit ihren heißen Spielen. Mein Pulsschlag erhöht sich rasend schnell. Ich kann nur schwer an mich halten. Wie komme ich bloß heil aus der Nummer?

„Wir sind gleich da", ertönt die Stimme unseres fast vergessenen Fahrers, „bis zum Hotel sind es nur noch wenige Meter. Befreit euer Objekt der Begierde, Ladies."

Gott sei Dank. Sie lassen von mir ab, ich atme durch.

Beim Einbiegen in die Hoteleinfahrt nimmt mir die schöne Lady die Augenmaske ab.

Unsere Blicke treffen sich und wir wissen beide, dass wir mehr wollen. Der Champagner steht eisgekühlt für eine lange Nacht bereit.

***

Noch bevor der Concierge die Autotür öffnet, verstaue ich mein Prachtstück, der kaum noch Platz in der Hose findet. Wie aus dem Ei gepellt steige ich mit den beiden Damen aus. Während Lea ihren Rock glatt streift, zieht die schöne Lady ihre Lippen purpurrot nach.

Zielstrebig stolzieren die beiden Frauen Arm in Arm durch die Hotel-Lobby, wir Männer hinterher. Der Unbekannte gibt mir einen Klaps auf die Schulter.

„Sie wird dich auffressen."

Warum nicht, ich kann es kaum erwarten.

Auf dem Weg zum gläsernen Aufzug fällt mir Leas sehnsüchtiger Blick auf. Sie will mehr, das sehe ich.

Im Lift positionieren sich die Ladies wie zwei Models: Lea öffnet ihre Bluse, zeigt ihre herrliche Pracht. Die schöne Lady hebt ihren Rock bis zur Hüfte hoch und gewährt uns einen Blick in ihre feuchte Wollust. Na warte, du Luder.

Beim Aussteigen im elften Stock begrüßt uns die atemberaubende Aussicht über die nächtliche Skyline der Großstadt.

„Wow, was für ein Ausblick", schwärmt der Unbekannte.

„Genau die richtige Kulisse für erotische Spielchen auf dem Hotelflur", lacht die schöne Lady.

Sie wird doch wohl nicht? Ihr ist alles zuzutrauen. Schnell nehmen wir unsere Ladies in den Arm und begleiten sie zur Suite.

Zum zweiten Mal beeindruckt der fantastische Ausblick durch großformatige Fenster unsere Gäste. Die Suite ist geräumig, verfügt über ein Wohnzimmer mit Couch, Sideboard sowie eine kleine Kaffee-Bar. Das Schlafzimmer lädt mit seinem King-Size-Bett zu allerhand Schandtaten ein.

„Auf eine prickelnde Nacht", ich erhebe mein Glas mit eiskaltem Champagner und proste den anderen zu.

Die Lounge-Musik im Hintergrund gibt dem Moment den nötigen Rahmen, es knistert in der Luft.

Die beiden Ladies stehen sich gegenüber, beginnen zu tanzen. In Zeitlupe bewegen sie ihre Körper wie zwei Katzen, die sich vorsichtig beschnuppern. Ihre Lippen und Zungenspitzen berühren sich sanft. Lea öffnet sich die Bluse, die schöne Lady zögert nicht lange, spielt an ihren Brustwarzen.

Ein rundum perfektes Bild. Längst haben sie die reale Welt verlassen, entschwinden im Rhythmus der Musik.

Wir Männer schauen dem Schauspiel zu. Nach einer kleinen Weile werde ich nervös. Genug. Jetzt sind wir Männer dran.

Als hätten die Ladies meine Gedanken gelesen, kommen sie auf uns zu. Lea leckt meinen Hals, stöhnt leise dabei. Sie presst ihr rechtes Bein an meins und beginnt, es hin und her zu reiben.

Lange halte ich das nicht mehr aus, mein Dauerständer sucht Befriedigung.

Die schöne Lady kniet vor ihrem Lover, bläst ihm einen. Lea ist neugierig geworden, kniet sich zu den beiden. Im Duett wechseln sie sich ab.

„Wie geil", stöhnt er laut.

Der Anblick ist kaum auszuhalten. Wann bin ich endlich dran?

„Jetzt ich", entschlossen und ohne zu zögern, halte ich den beiden mein Prachtstück hin.

„Du kannst wohl nicht mehr abwarten?", neckt die schöne Lady, geht auf die Knie und legt los.

Mein Kopf dreht sich, als würde ich Achterbahn fahren. Die beiden Ladies lassen nicht mehr locker. Genussvoll spielen sie mit meinem Schwanz. Manchmal zart, dann wieder hart und fest. Sie wissen genau, was sie tun müssen, um mich zur Ekstase zu treiben.

„Stop", die schöne Lady beendet abrupt die Szene.

„Oh nein, was ist jetzt wieder?", ich bin fassungslos. „Nicht aufhören. Macht weiter", das Flehen in meiner Stimme ist unüberhörbar.

Keine Reaktion.

Behutsam ziehen sie uns aus und delegieren uns aufs Bett. Nackt und nebeneinander. Ich bin kurz vorm Explodieren. Alles bebt, mein Schwanz am meisten. Dann verbinden sie uns die Augen.

Diese beiden Frauen haben den Teufel in sich und wir sind ihre Spielzeuge. Plötzlich spüre ich einen warmen Strahl. „Nur nicht schreien, mein Lieber", höre ich Lea sagen, „du wirst die Ölmassage genießen."

Ob ich das noch durchhalte, wissen die Götter. Ich kann nicht mehr, die beiden treiben mich zum Wahnsinn. Mein Inneres brennt lichterloh, mein Druck steigt ins Unermessliche.

Was ist das?

Oh Gott. Die schöne Lady, die ich an ihren prallen Brüsten erkenne, quetscht meinen Schwanz zwischen ihre dicken Möpse. Ich stöhne laut auf, kann einfach nicht mehr an mich lassen. Ich packe sie fest an ihrer Taille:

„Du wildes Luder, du treibst es auf die Spitze mit mir."

Ich will ihr in die Augen sehen und reiße mir die Augenmaske ab.

Neben mir liegt Lea, die das gleiche Spiel treibt. Der Ständer meines Leidgenossen lässt ebenfalls die Vermutung zu, dass er kurz davor ist.

Spontan beschließe ich, ihn von seinen Qualen zu erlösen und ziehe ihm seine Augenmaske ab.

„So mein Freund, dann wollen wir den Ladies mal zeigen, was wir so drauf haben."

Gekonnt schnappen wir uns die beiden: er Lea, ich die schöne Lady. Wie zwei Engel mit unschuldigem Blick liegen sie vor uns auf dem Bett. Jetzt können sie uns nicht mehr entkommen.

„Hab' ich dich endlich, schöne Lady. Dich lass ich nicht mehr los. Du wirst mich anflehen, aufzuhören", gebe ich den Ton an, spreize ihre Beine und beginne, ihre kleine feuchte Spalte zu lecken.

Darauf habe ich den ganzen Abend gewartet. Hungrig nach ihrem süßen Honig, lasse ich meine Zunge über ihre angeschwollenen Schamlippen gleiten, spiele an ihrem erregten Kitzler, dringe mit meinem Finger tief in sie ein.

„Oh ja, ja, ich komme."

Sie ist heiß, ihr kleiner Bach beginnt zu fließen und ich weiß, jetzt ist es soweit.

Sie quiekt und piepst, stöhnt und schreit.

Als ich von ihr ablasse, schaut sie mir tief in die Augen. Ihr Blick hypnotisiert mich.

„Time out?", frage ich sie.

Sie antwortet nicht, sondern packt meinen Schwanz und steckt ihn tief in ihren Mund.

„Oh mein Gott", wispere ich.

Damit habe ich nicht gerechnet. Ich halte es keine Sekunde mehr aus. Hemmungslos packe ich sie beim Schopf und gebe ihr den Rhythmus vor, als würde ich es mir selbst besorgen.

Blitzschnell befreit sie sich aus meinen Fängen, setzt sich auf meinen Schoß und steckt mein pralles Glied in ihre feuchte Höhle, die so heiß ist, dass ich das Gefühl habe, zu verbrennen. Anstatt mich wild zu reiten, bleibt sie plötzlich ruhig auf mir sitzen.

Dieses Biest will mit mir spielen. In Zeitlupe lässt sie ihr Becken kreisen, zieht ihre Muskeln zusammen. Frivol reitet sie auf mir.

In diesem Moment explodiert mein Körper und ich werde in einen Raum zwischen Himmel und Hölle katapultiert. Eine Welle der Lust fließt mit voller Macht durch meinen Körper. Ich habe das Gefühl, über eine Klippe zu stürzen.

***

Durch das Fenster kann ich die aufgehende Sonne sehen. Es ist circa viertel vor sieben, die Nacht ist vorbei.

Als ich aufwache, sind alle verschwunden. Auch Lea.

Was bleibt, ist eine Morgenprachtlatte und die Erinnerung an einen exzessiven Sommernachtstraum.

Schmunzelnd gehe ich ins Bad, ziehe mich an und gehe zum Frühstück. Mein Meeting ist um 9 Uhr und ich will pünktlich sein.

Nuit Bizarre

„Wie hat dir der Film gefallen, Lea?"

Es gießt in Strömen, als wir das Kino verlassen. Genervt wühle ich in meiner Handtasche und suche meinen Regenschirm.

„Ganz gut. Aber sei doch mal ehrlich, Eva. Die Handlung ist fernab von der Realität."

„Das mag sein. Trotzdem. Ich würde mich auch gerne von einem Kerl wie diesem Christian fesseln lassen."

„Eva, die Experimentierfreudige. Keine Ahnung, ob mir so etwas gefallen würde."

Erst Alex, jetzt Eva. Natürlich haben mich die Fessel-Szenen angemacht.

Lea, warum bist du nicht ehrlich und erzählst deiner besten Freundin von deinen Sehnsüchten? Erinnerst du dich an deinen letzten Traum? Du hast dir die Augen verbinden lassen und dabei gezittert vor Aufregung.

Stimmt, muss ich das aber gleich jedem erzählen?

Nass wie ein Pudel, steige ich in Evas Auto - mein Schirm liegt anscheinend in einer anderen Handtasche.

Der Regen klatscht gegen die Scheiben, das laute Radio spielt Songs aus den 80er. Eva singt jeden Text mit, als wäre sie in einer Casting-Show.

Gedankenlos schaue ich aus dem Fenster. Grauer Nebeldunst, sonst nichts.

Was ist das? Ganz hinten bilde ich mir ein, ein Haus zu sehen. Ist das nicht das Herrenhaus vom Cover dieses Buches, das ich bei Liz gesehen habe? Nein, nur Nebelschwaden.

Chateau Bizarre. Der Titel geht mir nicht mehr aus dem Kopf. Welche Geheimnisse wohl hinter den Mauern dieses mysteriösen Hauses schlummern? Verruchtes? Unanständiges? Bizarres?

„Du Eva, was hältst du davon, mal wieder bei Liz vorbeizuschauen?", frage ich beim Aussteigen. In Wirklichkeit will ich mir unbedingt das Buch näher ansehen.

***

„Hallo Lea, das ist aber schön, dich zu sehen", begrüßt mich Liz freudig.

„Hi, ich komme gerade von einem Geschäftstermin und dachte, ich schaue mal vorbei", schwindele ich.

Eva hatte diese Woche keine Zeit und ich beschloss, meinen freien Nachmittag zu nutzen, um Liz zu besuchen.

„Kann ich dir helfen. Suchst du etwas Bestimmtes?"

„Nein, Liz, vielen Dank", versuche ich, ihr etwas vorzumachen.

„Ich habe noch zwei Kundinnen, danach bin ich gerne für dich da. Darf ich dir etwas zu trinken anbieten?"

„Gerne. Eine Latte Macchiato wäre toll."

Liz verschwindet hinter die Kaffeebar, mich zieht es schnurstracks zur „Literaturecke". Aufgeregt suche ich im Regal nach dem Buch. Nichts. Mist. Es ist weg.

„Hier, deine Latte Macchiato", Liz stellt den Kaffee auf den Tisch, blickt mich an. Meine Enttäuschung ist nicht zu übersehen.

„Suchst du ein gewisses Buch?"

„Ähm, was heißt „gewisses?", druckse ich herum.

„Also wenn du das meinst", Liz zieht ein Taschenbuch aus der unteren Schublade des Sideboards. Chateau Bizarre.

„Ja, das ist es", erstaunt schaue ich sie an. „Woher wusstest du, dass ich ..."

„Ich bin sehr aufmerksam und mir ist das Funkeln in deinen Augen nicht entgangen, als du dich beim letzten Besuch das Buch in der Hand hieltst", zwinkert sie mir zu.

Beeindruckt von der unglaublichen Kombinationsgabe dieser Frau, nehme ich das Buch, suche mir ein gemütliches Plätzchen auf der Couch und beginne, zu lesen:

***

Chateau Bizarre

„Madame, wir sind da."

„Danke, Johann, bitte seien Sie zum Sonnenaufgang wieder hier."

„Ja, Madame."

„Ich kann mich auf doch Ihre Diskretion verlassen?"

„Selbstverständlich, Madame."

Erhaben legt sich die Dunkelheit über die Dächer der kleinen Provinzstadt. Nur der Mond strahlt hell und wirft bizarre Schatten auf das Herrenhaus am Ende der Straße. Getrieben von unbändiger Neugier zieht mich dieses mysteriöse Haus magisch an, lässt mir keine Ruhe. Entschlossen will ich wissen, was hinter diesen Mauern geschieht.

"Bienvenue au Chateau Bizarre", lädt mich eine weibliche Stimme ein, als ich vor dem Haus stehe. Mein Herz pocht, mein Verstand ist hin und hergerissen, lässt mich am Eingang erstarren. Soll ich? Soll ich nicht?

Ja, sagt mein Gefühl, trete ein. Nein, geh nicht, wenn dich jemand erkennt, meldet sich mein Verstand.

Rhythmische Triangel-Schläge locken, näher zu kommen. Das schwere Tor knarrt beim Öffnen.

Meine Neugier brennt und lässt meinen Körper vor Aufregung zittern. Ich weiß nicht, was mich in diesem bizarren Haus erwartet, ich weiß nur, dass meine Sehnsucht nach Verbotenem unbeschreiblich ist. Ich trete ein.

Unzählige Kerzen erleuchten das Foyer in warmem Licht. Mystische Musik zaubert eine skurrile Stimmung.

„Bon soir maîtresse."

Freundlich empfängt mich eine grazile Schönheit. Straps-Strümpfe umhüllen ihren süßen Po, ihre kleinen Brüste werden von einem Unterbrust-Korsett in Szene gesetzt. Eine venezianische Maske verhüllt ihr Gesicht, ihre Augen strahlen.

Vorsichtig nimmt sie meine Hand und führt mich in ein Séparée. Mein Herz klopft, ich spüre meinen Puls, bin angespannt. Stück für Stück zieht sie mich aus. Überrascht und unsicher, lasse ich es geschehen. Mir gefällt, wie sie dabei zärtlich über meine Brüste streicht, ganz unverfänglich und zufällig. Ich kann ihre Absicht erahnen, spüre ihren Atem, als sie direkt vor mir steht und vorsichtig meinen Slip auszieht. Splitternackt stehe ich vor ihr.

"Je suis Madeleine, votre servante pour cette nuit (*Ich bin Madeleine, Ihre Dienerin für heute Nacht*)", haucht sie mir ins Ohr.

Wir schauen uns tief in die Augen, ich ertappe mich dabei, wie mich ihre Worte erregen. Bedacht ölt sie meinen ganzen Körper ein.

"C'est pour votre Monsieur, Madame", flüstert sie.

Ich versuche meinen Verstand einzuschalten, doch es gelingt mir nicht. Ich bin gefangen in meinen Sinnen. Die berauschende Musik, der süße Duft des Öles, die zarten Finger von Madeleine. Ich schließe die Augen, lasse mich fallen. Leicht wie eine Feder, trägt mich der Sommerwind davon. Ich fühle mich frei und unendlich wohl.

„Fürchten Sie sich nicht, wenn ich Ihnen jetzt die Augen verbinde, Madame. Ich bin bei Ihnen", ihre Stimme klingt sanft, ihre Worte beruhigend. Mein

Körper zittert, als sie mir die Augenmaske anlegt. Um mich herum wird es dunkel. Meine Reise in die bizarre Welt sinnlicher Erotik beginnt.

***

Verhüllt in einem Kapuzenumhang, führt mich Madeleine in einen anderen Raum. Es ist still, ich vermute, wir sind alleine. Trotzdem habe ich das Gefühl, Blicke zu spüren. Die Schnüre des Capes werden geöffnet, mein Umhang fällt.

Splitternackt, nur in meiner natürlichen Schönheit, stehe ich im Dunkeln und stelle mir vor, beobachtet zu werden. Anmutig und stolz genieße ich diesen Moment des Ausgeliefert seins.

„Setzen Sie sich!", Madeleine hilft mir vorsichtig.

Ah! Kaltes Leder lässt mich zusammenzucken. Was ist das?

Neugierig ertaste ich meinen Stuhl: geschnitzte breite Armlehnen, am Rücken und am Po spüre ich Nieten.

Ich bin erregt. Madeleine hält meine Hand, gibt mir Sicherheit. Gespannt warte ich ab, was passiert.

Das Knarren einer Tür durchbricht die Stille. In diesem Moment ertönt Musik, zunächst leise, dann immer lauter. Peitschenhiebe hallen durch den Raum, Schritte, die näher kommen, lassen meinen Körper erstarren. Madeleine streichelt liebevoll meinen Nacken, als ich die Nähe einer anderen Person erahne. Die festen Schritte verraten mir, dass es ein Mann sein muss.

Was hat er mit mir vor? Elektrisiert sitze ich da, mein Unterleib bebt. Wann geht es endlich los, frage ich mich ungeduldig. Nichts passiert!

Ist noch jemand da? Wo? Ich brenne wie ein Feuer. Von rechts höre ich leises Stöhnen.

„Warum zitterst du schönes Weib?"

Die tiefe sonore Stimme durchdringt mich wie ein Pfeil.

„Hat dich nicht die Allmacht unanständiger Gedanken zu mir geschickt?"

Ein weiterer Peitschenhieb hallt im Hintergrund.

„Ich bin gekommen, um deine schwarze Seele in die tiefen Abgründe sinnlicher Willenlosigkeit zu entführen."

Ein Schauer läuft mir über den Rücken, meine Knie zittern. Ich versuche, mich zu konzentrieren, um ruhig zu bleiben. Doch wie es scheint, will meine schwarze Seele mehr und weiß, dass jetzt der Augenblick gekommen ist. Zwischen Angst und Neugier beginne ich, loszulassen. Ich habe das Gefühl, von einer Klippe zu springen, beflügelt von unendlichem Vertrauen, nicht zu stürzen.

Dutzende Hände ertasten sanft meinen willenlosen Körper, liebkosen meine Brüste, spielen an meinen Nippeln. Ich spüre zarte Küsse auf meinem Bauchnabel, leichtes Kitzeln auf meiner Haut - vermutlich Federn - die meine empfindliche Mitte streifen und meinen Venushügel zusammenzucken lassen.

Im Hintergrund höre ich Ketten klirren, Schellen rasseln, dazwischen Peitschenhiebe. Erregt und wollüstig gefällt mir dieses Spiel. Ich spüre die Nässe zwischen meinen Schenkeln und bin bereit. Noch nie zuvor war ich meinen erotischen Phantasien so nah.

„Erfrische dein heißes Gemüt mit diesem köstlichen Champagner", befiehlt die sonore Stimme und lässt das prickelnde Nass in meinen leicht geöffneten Mund laufen.

Gierig trinke ich einen Schluck. Der Rest ergießt sich lasziv aus meinen Mundwinkeln, meinem Hals herunter bis zu meinen Brüsten, die augenblicklich genüsslich abgeleckt werden. Zungen und Hände überall.

Warmer Atem im Nacken verrät mir, dass jemand hinter mir steht.

„Ich will dich begehren meine Schöne", haucht mir eine andere männliche Stimme ins Ohr, „doch du gehörst nicht mir heute Nacht."

Er schleicht an mir vorbei, so dass ich noch seinen prallen Schaft bemerke. Mein Herz klopft, zwischen meinen Schenkeln ist es heiß und feucht.

Peng! Ein lauter Peitschenhieb direkt neben mir. Ich erschrecke. Glockenschläge erklingen.

„Der Teufel der Begierde ruft. Es wird Zeit, deine schwarze Seele sucht Befriedigung!", das anschließende hämische Lachen der herrischen Stimme lassen mich erstarren.

Zarte Hände streicheln mein Gesicht.

„Madeleine, bist du es?"

„Ja Madame."

Madeleine nimmt meine Hand, hilft mir aus dem Stuhl.

„Folgen Sie mir!"

***

Lustvolles Stöhnen empfängt uns im nächsten Raum, wohlriechende Düfte zaubern eine angenehme Atmosphäre. Im Hintergrund höre ich weibliches Stimmengewirr, leises Kichern, dazwischen lautes Lachen.

„Komm, lass dich fesseln, schönes Weib", da ist sie wieder, die unheimliche Stimme, deren Befehle mich in ein Wechselbad der Gefühle tauchen. Im Zusammenspiel mit der mystischen Musik bringen sie meine dunkle Seite zum Schwingen.

Madeleine streichelt über mein Haar.

Vorsichtig setzt sie mich: die Unterlage ist kalt, gepolstert, scheinbar aus Leder. Dann dreht sie mich und legt mich auf den Rücken. Was ist das? Ich habe das Gefühl zu schweben, meine Unterlage beginnt zu wippen. Ich liege auf einer Schaukel.

„Keine Angst Madame, wenn es zu viel wird, genügt ein kurzes „Madeleine" und ich werde Sie befreien!"

Meine Arme und Beine werden gefesselt.

Nun bin ich ausgeliefert.

***

„Lea, kann ich dir noch etwas bringen?", werde ich von Liz in die reale Welt zurückgeholt.

Wo bin ich?

„Ja, gerne noch einen Latte", wie ferngesteuert schaue ich sie an.

Meine Hände sind geschwitzt, mir ist warm.

„Wie ich sehe, fesselt dich das Buch", Liz amüsiert sich, das merke ich.

„Fesseln, äh...ja, ist sehr spannend", antworte ich kurz.

Kann sie nicht verschwinden, ich will weiterlesen.

„Es ist ... spät, du kannst ... gerne noch ...., Lea."

Liz Worte verschwinden wie im Nebel, längst lese ich gespannt weiter.

***

Um mich herum höre ich leises Atmen. Ist es eine o-der sind es mehrere Personen, rätsele ich. Sicherlich tragen sie alle einen Umhang und sind darunter nackt, stelle ich mir vor.

Huch! Ich erschrecke, spüre eiskalte Tropfen an meinen Brustwarzen, die sich sofort aufbäumen. Eiswürfel?

Jemand zupft gefühlvoll an meinen harten Nippeln, Autsch, plötzlich fester, dann wieder einfühlsam.

Das Spiel zwischen warm und kalt, sanft und hart beginnt, mir zu gefallen.

„Lass dich nun fallen in den Abgrund der Sünde in eine unbekannte Welt voller Lust und Leidenschaft", eine unbekannte weibliche Stimme vibriert vor Sinnlichkeit und Demut. Gänsehaut pur läuft über meinen Rücken.

Just in diesem Moment spüre ich Hände zwischen meinen Schenkeln. Endlich. Mein Inneres sehnt sich nach mehr, ungeduldig will ich mich räkeln. Wieder klirren Ketten.

„Du unanständiges Weib. Dein Saft läuft aus wie der, einer Hure, die es nicht abwarten kann. Deine Wollust lässt den Teufel in dir erahnen. Du sollst bekommen, nach was du begehrst", da ist sie wieder, die sonore Stimme, die mir unter die Haut geht und mich zum Zittern bringt.

Lautes Lachen, Stöhnen, Peitschenschläge – versunken in meiner Welt der Phantasie lasse ich alles um mich herum geschehen. Unaufhörlich werde ich an meinen empfindlichsten Stellen liebkost, geküsst, ausgesaugt. Befreit stöhne ich meine Lust heraus, gebe mich hin, spüre den Rausch, der meinen Körper zum Glühen bringt.

Erschöpft liege ich auf der Schaukel, nehme nach und nach Stimmen wahr, tauche langsam wieder auf in das Hier und Jetzt.

Madeleine reicht mir etwas zu Trinken.

„Sind Sie bereit für das nächste Abenteuer, Madame?"

„Ja, das bin ich", antworte ich gefügig.

Achtsam löst sie meine Fesseln, hilft mir aufzustehen und führt mich in den nächsten Raum.

„Ich bin immer in Ihrer Nähe und schaue beim Spiel zu", lässt sie mich liebevoll wissen.

***

Dann ist es ruhig, ich weiß nicht, wie lange. Meine Beine beginnen zu ermüden, nackt stehe ich da.

Ist hier jemand, frage ich mich und beginne, unruhig zu werden.

In diesem Moment spüre ich eine Zunge im Nacken, die sich langsam bis zu meinem Po und wieder zurück bewegt.

Eine Hand beugt mich nach vorne. Erst jetzt bemerke ich die Rückenlehne eines Sofas, vor der ich die ganze Zeit unbemerkt stand. Ich halte mich fest, soll die Beine spreizen.

Absichtlich strecke ich meinen Hintern heraus, stelle mich freizügig in Position. Mystische Musik ertönt.

„Nimm dir, was du brauchst", fordert mich die nächste weibliche Stimme auf.

Die Unbekannte hält mir ihre Brüste direkt ins Gesicht. Wohlig weich fühlen sie sich an. Genüsslich sauge ich an ihren Nippeln, die schön fest sind.

Ah! Ein leichter Peitschenhieb auf meinem Hintern lässt mich aufstöhnen. Ein zweiter Hieb folgt zugleich, dieses Mal fester. Automatisch spanne ich mein Becken und Po an. Mir wird heiß. Wieder ein leichter Hieb. Dieses Mal auf meine Brustwarze.

„Sei artig und gehorche, wenn dein Herr dich nun von hinten nimmt", gebietet die bekannte sonore Stimme.

Ein kurzer Schauder kriecht mir über den Rücken, ein weiterer Hieb auf meinen Po lässt mich zugleich zügellos aufstöhnen.

Die Unbekannte, deren Brüste ich soeben noch liebkoste, scheint nicht mehr da zu sein. Trotzdem, da ist doch etwas, ich kann es förmlich spüren.

Was ist das? Ich bin neugierig, strecke meine Zunge heraus, die etwas Zartes, Feines berührt. Mit kreisenden Bewegungen lecke ich genüsslich weiter, nehme das Prachtstück bis zum Anschlag auf. Langsam erhöhe ich das Tempo, gebe mit meinen Lippen den Druck vor, spiele mit meiner Zunge an empfindlichen Stellen.

„Nimm ihn ganz", ungeduldig fasst mir der Unbekannte in die Haare, will den Takt angeben.

Sein Stöhnen verrät, dass er es nicht mehr lange aushält.

„Lassen Sie von ihm ab", befiehlt Madeleine, „Ihr Herr ruft, Madame. Sie gehören nur ihm heute Nacht!"

Ihre Stimme ist strenger, gehorsam füge ich mich ihren Anweisungen.

Im Hintergrund höre ich das Knarren einer Tür, feste Schritte, die immer näher kommen.

Peng! Ein Peitschenhieb knallt. Noch immer stehe ich über dem Sofa gebückt, strecke meinen Hintern heraus.

Zarte Federn kitzeln meine Scham.

Autsch! Ein fester Klaps auf meinen Po lässt mich aufstöhnen.

„Nicht so schamhaft, schönes Weib. Die Sehnsucht verbotener Gedanken hat dich in dieses Haus geführt. Deine dunkle Seele ist durchtrieben, dein Verlangen ist groß. Nun wirst du bekommen, was du gesucht hast", die dunkle tiefe Stimme, die ich vorher noch nicht gehört habe, raubt mir den Atem. Sein lautes Lachen füllt den Raum, ich bin gefangen in seinem Bann.

Seine Hände umfassen fordernd meine Hüfte, er gibt mir zu verstehen, meine Beine zu spreizen. Wie eingefroren, verharre ich eine Weile in dieser Position.

Sanftes Streicheln meines Pos lässt mich wieder erwachen, gefolgt von einem weiteren Klaps.

Zwischen meinen Schenkeln spüre ich einen prallen Schwanz, der sich genüsslich durch meine Spalte zieht.

Unverblümt dringt er in mich ein: ungeniert und trotzdem sinnlich. Seine Stöße sind zügellos und leidenschaftlich zugleich, unersättlich nimmt er sich, was er braucht. Ich fühle mich, wie seine Hure, die ihm seine Sinne raubt. Befreit stöhne ich auf, lasse meinen Gelüsten freien Lauf, Verloren in Raum und Zeit, fühle ich mich unendlich leicht.

Fast gleichzeitig erreichen wir den Gipfel der Ektase. Dann lässt er von mir ab.

Ich bin erschöpft.

***

Die Stimme von Madeleine fängt mich wieder ein.

„Erfrischen Sie Ihren erhitzten Körper, Madame."

Sie reicht mir ein Glas Wasser, das ich in großen Schlucken austrinke.

„Ich bin hungrig, Madeleine."

Sie nimmt mich an die Hand und führt mich in einen anderen Raum. Noch immer trage ich die Augenmaske.

„Madame, machen Sie es sich bequem. Ich bringe Ihnen etwas zu essen", hilft sie mir beim Setzen und geht.

Gemütlich lehne ich mich zurück, lasse die letzten Stunden Revue passieren.

Die Tatsache, etwas Unzüchtiges getan zu haben, vermischt sich mit dem Gefühl grenzenloser Freiheit. Ich bin angekommen in der Welt sinnlicher Willenlosigkeit, in der Hofzwänge und Etikette keinen Zutritt haben.

„Au revoir, Madame", der letzte Gruß von Madeleine zaubert ihr ein Lächeln ins Gesicht. Dann fällt das schwere Tor hinter mir zu.

Alleine stehe ich vor dem Haus, erkenne in der Morgendämmerung die herrschaftliche Kutsche am Ende der Straße, die mich nach Hause bringt.

***

„Wow", als ich das Buch zuklappe, ist es längst dunkel geworden.

„Na, Lea. Bist du wieder unter uns?"

„Ja, ich konnte mich wohl nicht losreißen", entschuldige ich mich, „wie spät ist es denn?"

„Halb neun."

„Was, so spät. Oh Gott, ich muss sofort los", hektisch packe ich meine Tasche zusammen, stelle den Flugmodus aus und stelle fest, dass mich mehrere Nachrichten erreicht haben.

„Danke Liz, dass ich so lange lesen durfte. Sag mal, gibt es noch eine Fortsetzung?"

„Das verrate ich dir, wenn du wieder kommst", spannt sie mich auf die Folter.

Fremde Haut

[Moritz]

„Guten Morgen liebe Zuhörer", begrüßt mich mein Radiowecker. Montagmorgen, 7 Uhr. Ich strecke mich, werfe meine Bettdecke zur Seite, Zeit zum Aufstehen.

„Welchen Rock soll ich heute im Büro anziehen?", grübelnd steht Lea vor ihrem Kleiderschrank.

„Zieh den Blauen an, darin siehst du sexy aus", empfehle ich ihr, als ich aus dem Bad komme.

„Moritz, ich gehe zur Arbeit, nicht in eine Bar", wirft sie ein.

„Na und? Ich mag es, wenn meine Kolleginnen attraktiv zu Arbeit kommen. Ein bisschen Ablenkung im tristen Büroalltag kann nicht schaden", zwinkere ich ihr zu.

In der Küche duftet es nach frischem Kaffee. Annabelle ist bereits aufgestanden, toastet Brötchen. Das gemeinsame Frühstück ist unser wichtigstes Familienritual.

Charly ist noch nicht ganz wach. Mit halboffenen Augen will sie sich ihr Schulbrot schmieren.

„Menno, wieder keine Salami da. Nie denkt ihr an mich, wenn ihr einkaufen geht", meckert sie.

„Dann geh doch selbst", kontert Annabelle zickig.

Ruhe ade - nach zwei Wochen Ferien ist wieder Stimmung im Haus.

„Geht das schon wieder los", Lea sieht klasse aus, als sie am Frühstückstisch steht und unsere Töchter ermahnt.

Ihr knackiger Po und ihre schmale Taille kommen in dem engen Bleistiftrock perfekt zur Geltung. Mit ein paar Handgriffen hat sie ihre Haare zusammengesteckt. Ihr natürliches Make-up lässt sie frisch aussehen.

„Du hast meinen Rat befolgt, das freut mich", flüstere ich ihr ins Ohr.

„Ja, Moritz. Jetzt musst du den ganzen Tag mit dem Gedanken leben, dass ich meinen Kollegen die Köpfe verdrehe."

„Das macht nichts. Ich bin gespannt, was du heute Abend erzählen wirst", freue ich mich.

Es macht mich stolz, eine attraktive Frau zu haben, der andere Männer hinterherschauen.

„Vergiss nicht, mein Auto zu nehmen, Moritz. Ich habe heute Fahrdienst und brauche den Großen."

„Stimmt, das hätte ich fast vergessen."

***

Auf dem Weg ins Büro ist die Hölle los. Blechlawinen drohen den Verkehr lahm zu legen, Staus wohin man sieht. Erster Schultag. Ich hätte besser mit der Bahn fahren sollen.

Mein Handy piepst.

„Hallo Schatz, ich komme etwas später nach Hause, treffe mich spontan mit Eva in der Stadt. Sie will mir dringend etwas erzählen. Kuss, Lea", schreibt sie mir.

Wahrscheinlich wird Eva von ihrem letzten Lover erzählen. Meistens sind es Jüngere, die sie heiß macht und anschließend fallen lässt wie heiße Kartoffeln. Arme Kerle.

„Ok, mein Schatz, ich warte auf dich [smiley] Kuss, Moritz."

Zehn Kilometer Stau, informiert mich das Radio. Bravo, was nun? Mein Blick fällt auf den Beifahrersitz. Ein hübsches Paar ist auf dem Cover des Hochglanzmagazins Women's Secret zu sehen.

Er küsst ihren Hals, sie trägt eine Augenmaske. Ihre kirschroten Lippen lassen mich nicht los. Schnell nehme ich das Magazin zur Hand und schlage die Seite der Titelstory auf.

Ein reicher Unternehmer ist mit seiner Frau abgebildet. Offenherzig plaudern sie in einem Interview über ihre erotischen Erlebnisse. Interessant. Neugierig überfliege ich den Artikel

...Wir haben schon Einiges erlebt ... unser Sexleben in Schwung...eher zufällig ... einen Event gestoßen ... „Blind & Secret... Lassen Sie sich ... exklusiven Rahmen ... besonders Spiel... Ihr wisst nicht, was auf euch zukommt...

Erlebt eine gelungene ... kulinarischen Genüssen und eurem erotischen Empfinden...

Aha, die beiden haben eine erotische Veranstaltung besucht, bei der sie mit verbundenen Augen fremde Haut zu spüren bekamen. Mir wird heiß bei dem Gedanken und macht mich neugierig.

Ob Lea den Artikel auch gelesen hat, frage ich mich, als es plötzlich hinter mir hupt. Es geht weiter.

Schnell packe ich das Magazin zur Seite und fahre los.

***

Am Abend habe ich es mir auf der Couch gemütlich gemacht und warte auf Lea. Annabelle büffelt für eine Arbeit, Charly schaut fern. Der Artikel von heute Morgen schwirrt noch immer in meinem Kopf. Ich will unbedingt wissen, ob es dieses Blind & Secret Dinner wirklich gibt.

Bingo. Sofort finde ich die Webseite, die ich mir heute Morgen notiert habe.

Eine hübsche Brünette in schwarzen Nylons, High-Heels und einem Spitzen-BH mit passendem Slip räkelt sich genüsslich auf einem weißen Ledersofa. Die Beschreibung verrät, dass es sich um ein exklusives Vergnügen handelt.

Wow, meine Begeisterung steigt weiter an. Erwartungsvoll klicke ich mich durch die Webseite. Ästhetisch anspruchsvoll, nimmt sie mich mit auf eine Reise in die Welt erotischer Phantasien.

Der Gedanke an ein außergewöhnliches Event dieser Art bringt mich mächtig in Fahrt. Lea und ich – gemeinsam und doch getrennt - frönen mit verbundenen Augen unserer Lust. Zu jedem Gang wechseln die Herren ihre Plätze, die Damen dürfen sitzen bleiben. Irre, die Vorstellung, fremde Haut zu spüren, Brüste anzufassen, Frauen zu liebkosen, die ich nicht sehe.

„Hallo Moritz, ich bin wieder da", holt mich Lea wieder in die Realität zurück.

„Hi mein Schatz, na, wie war es mit Eva?"

„Gut. Sie hat mir von ihrem letzten Date erzählt. Dieses Mal war der Typ älter. Er hat sie beim Sex gefesselt."

„Eva lässt sich fesseln? Seit wann?", hake ich nach.

„Es war das erste Mal. Sie fand es total aufregend und meinte, wir sollten das auch mal probieren", zwinkert sie mir zu.

„Warum nicht?", lache ich sie an, warte kurz ab und beruhige sie dann wieder, „nein, keine Angst, mein Schatz. Das war ein Scherz. Sag mal Lea, ich habe heute etwas länger im Stau gestanden. Auf dem Beifahrersitz lag ein Magazin, Women's Secret oder so ähnlich."

„Ja, stimmt. Die hat mir Eva geliehen. Irgendwelche Leute schreiben über ihre außergewöhnlichen Erlebnisse. Das müsse ich unbedingt lesen, meint sie. Ich kam aber bisher nicht dazu."

„Macht nichts, das habe ich für dich getan, zumindest konnte ich einen kurzen Blick reinwerfen. Es geht um einen erotischen Event, bei dem alle Gäste die Augen verbunden haben. Schau mal, das hier ist die Webseite", halte ich ihr meinen Laptop unter die Nase.

„Moritz, ich habe das Gefühl, das macht dich mächtig an."

„Lea, hast du noch nie davon geträumt, fremde Haut zu spüren ohne zu wissen, wer es ist?"

„Nein, Moritz."

„Stimmt nicht. Du hast selbst erzählt, dass dir die Berührungen von Kairi während der Massage gefallen haben. Und auch das Buch, das du bei Liz gelesen hat, ging wohl in die gleiche Richtung, wenn ich deinen Erzählungen Glauben schenken darf?"

„Ok, ich habe auch davon geträumt", gibt sie endlich zu.

„Siehst du. Lass es uns ausprobieren? Am übernächsten Wochenende findet es statt."

„Was? So schnell?", versucht Lea auszuweichen.

„Warum nicht, Schatz?"

Ich gehe nicht mehr näher auf sie ein, fülle das Buchungsformular aus und drücke auf „senden", ohne zu zögern.

***

„Herr Neuberger, ihr Vortrag beginnt in wenigen Minuten. Bitte beeilen Sie sich, wenn Sie Ihre Gäste nicht warten lassen wollen", ermahnt mich Svenja, meine Sekretärin, als ich versuche, mehrere Dinge gleichzeitig zu erledigen.

Zwei Mitarbeitergespräche stehen an, der Forecast für das nächste Quartal muss raus, die neue Werbekampagne steht in den Startlöchern.

Während einer kurzen Pause nutze ich die Zeit, meine privaten Emails zu checken und den Spam-Ordner zu kontrollieren.

„Liebe Lea, lieber Moritz, wir freuen uns, Euch die Teilnahme an unserem Blind & Secret Dinner zu bestätigen. Weitere Informationen erhaltet Ihr am Freitag.

Sinnliche Grüße,

René und Jaqueline."

Perfekt. Sofort leite ich es an Lea weiter.

***

Büroschluss, das Wochenende liegt vor uns. Lea war die letzten Tage unglaublich aufgeregt. Einige Male plagte sie sogar ein schlechtes Gewissen, etwas Unanständiges zu tun.

Chips, Cola, Popcorn: Lea hat beim Einkaufen für die Mädels an alles gedacht. Mit viel Überzeugungsgeschick habe ich Annabelle einen Fernsehabend mit Freundinnen schmackhaft gemacht, wohlwissend, dass Charly unbedingt bei den Älteren dabei sein will. Einem kleinen erotischen Abenteuer mit meiner Frau steht somit nichts mehr im Wege.

Die Spannung steigt, als wir im Hotel, das unweit der Location liegt, ankommen. Die mit Holz vertäfelten Wände wirken etwas schwerfällig, verleihen dem 4-Sterne Hotel dennoch einen charmanten Charakter. Unser Zimmer im zweiten Stock liegt ruhig mit Blick zum Wald. Als wir die Fenster öffnen, hören wir Vogelgezwitscher und Kuhglocken läuten. Herrlich idyllisch, denke ich und beginne, mich zu entspannen.

Da wir erst um 20 Uhr vom Limousinen-Service abgeholt werden, bleibt genügend Zeit für ein Nachmittagsschläfchen.

Lea packt ihren Koffer aus, legt ihre Sachen für den Abend bereit und kommt zu mir ins Bett gekuschelt.

19:30 Uhr – Frisch geduscht, gestylt und in bester Laune reiche ich Lea ein Glas Prosecco, den wir mitgebracht haben. Hinreißend schaut sie aus.

Sie trägt Hüfthalter mit Strapsen. Dazu einen Unterbrust-BH, bestickt mit Swarovski Steinen, der von einem transparenten Tüllkleid umhüllt wird und ihre Brüste durchblicken lässt. Ihre sexy Figur kommt perfekt zum Ausdruck.

„Du machst mich scharf in diesem Outfit, Lea."

Verliebt küssen wir uns.

[Lea:]

Der Limousinen Service erwartet uns pünktlich vor dem Hotel. Elegant steige ich in den Wagen. Nur mein schwarzer Mantel verhüllt mein gewagtes Outfit.

Wir fahren durch ein Industriegebiet. Ungewöhnliche Gegend, schießt es mir durch den Kopf. Hier soll das Event sein?

Rechts abgebogen, fahren wir in die Hofeinfahrt eines alten Fabrikgebäudes.

„Guten Abend die Herrschaften", begrüßen uns zwei charmante Herren beim Aussteigen, „bitte folgen Sie uns."

Meine Nervosität steigt. Wie soll ich den Abend einschätzen? Zwischen Unsicherheit und Neugier folge ich einer jungen Dame, die uns im Foyer der Loft empfängt und sich als Claire vorstellt. Moritz geht mit einem der Herren, die uns draußen begrüßten. Mir wird ein wenig mulmig zumute.

„Keine Angst, ich bringe dich gleich wieder zu deinem Mann", beruhigt mich Claire und verschwindet mit mir in einem Séparée.

„Sollte dir irgendetwas unangenehm sein, sagst du mir bitte Bescheid. Du hast jederzeit die Möglichkeit, die Augenmaske abzunehmen."

Vorsichtig hilft sie mir aus meinem Mantel, öffnet den Reißverschluss meines Kleides, legt mir eine Augenmaske an.

Dann ist es stockdunkel, meine Knie schlottern.

Nur Mut, Lea. Wer sich nach den Tiefen sinnlicher Hemmungslosigkeit sehnt, darf das Ungewisse nicht scheuen!

Es geht los. Claire legt meine Hände auf ihren Schultern ab. Nach wenigen Schritten – wir scheinen in einem anderen Raum zu sein – spüre ich plötzlich eine weitere Hand auf meinen Schultern.

„Ich bin es, Moritz", flüstert er.

Es beruhigt mich, ihn in diesem Moment in meiner Nähe zu wissen und finde es gut, dass wir zusammengeführt wurden.

Das laute Stimmengewirr irritiert mich. Sind wirklich alle blind?

„Sie stehen jetzt vor einem Bistrotisch", lässt sie uns wissen, „rechts steht ihr Mann."

„Achtung, hier ist ein Gläschen Cremant für Dich", sie gibt mir ein eisgekühltes Glas in die Hand.

„Zum Wohl", erhebe ich blind mein Glas, bis mir einfällt, dass mich die Gäste sowieso nicht sehen.

„Bist du auch nervös, Moritz?", ich drehe mich nach rechts und hoffe, dass er noch immer neben mir steht.

„Ja. Ich bin auch aufgeregt. Geht's dir gut, mein Schatz?"

„Ja, alles ok. Glaubst du, dass wirklich alle verbundene Augen haben?"

„Ich denke schon, Lea. Bis auf das Servicepersonal natürlich."

Nach und nach lockert sich die Stimmung auf, die Gäste scheinen sich an die besondere Situation gewöhnt zu haben. Manche flirten, andere tauschen Banalitäten aus.

„Hallo", stellt sich mein linker Nachbar vor, „ich bin Sascha und komme aus Konstanz."

Schnell stellt sich heraus, dass Sascha ein Segelfanatiker ist. Bemüht ihm zuzuhören, kraule ich Moritz' Nacken zu meiner Rechten.

Halt, was ist das? Liebliche zarte Finger, die ihn ebenfalls streicheln und das Spiel mit meinen suchen. Er schnurrt wie ein Kätzchen. Ich male mir aus, wie sich beide lustvoll küssen, Moritz streichelt zart ihre Brüste. Ihr leises Stöhnen lässt meinen Unterleib zucken.

Lass dich fallen, Lea und tauche im Dunkeln der Nacht ein in die Welt erotischer Phantasien, in der du Königin, Hure und Herrin zugleich bist.

Versunken in meinen Träumen, spüre ich plötzlich Hände, die sich entlang meines Rückens hin und her bewegen. Es ist ein Herr, ich nehme den frischen Duft seines Aftershaves wahr. Instinktiv strecke ich ihm nur ein kleines bisschen meinen Po entgegen. Behutsam schiebt er mein Kleid ein kleines Stück hoch.

[Moritz:]

Komisches Gefühl, nichts zu sehen. Nicht zu wissen, wo man ist und was die anderen machen.

Erkunde deine Umgebung, Moritz, mache ich mir selbst Mut.

Links von mir steht Lea, aber wer ist die Dame rechts?

Ah, eine Hand streichelt meinen Nacken. Und was ist das? Eine Zweite kommt dazu. Zarte Lippen küssen dezent meine Wangen. Zwei Frauen gleichzeitig liebkosen mich – herrliches Gefühl.

Ich bin neugierig geworden, fasse meiner rechten Nachbarin an die Taille: wohl geformte Rundungen, ihr Kleid fühlt sich nach Spitze an, ihr Parfüm regt meine Sinne an.

Entschlossen legt sie meine Hand auf ihr Dekolleté. Ich spüre den Herzschlag auf ihrer warmen Brust.

Plötzlich ertönt eine Glocke. René, der Veranstalter, meldet sich zu Wort. Abrupt kehrt Stille ein.

Professionell erklärt er den Ablauf des Abends, weist diskret auf die Regeln hin.

„Hallo Moritz, ich bin Daniel und für dein Wohlergehen am heutigen Abend zuständig", höre ich eine junge Männerstimme neben mir.

[Lea:]

Eine weibliche Stimme weist mich an, meine Hand auf ihre Schulter zu legen und ihr langsam zu folgen.

„Wir sind angekommen, Lea. Du darfst dich nun setzen. Ich helfe dir."

Kerzengrade positioniere ich mich am Tisch, möchte meine Reize zeigen. Quatsch, Lea, es kann dich niemand sehen, fällt mir wieder ein.

Ich höre Stühle rücken, wie es scheint, nehmen die ersten beiden Herren Platz.

Nach einigen Minuten spüre ich eine Hand auf meinem Schenkel. Das geht aber schnell. Dann spüre ich einen sachten Kuss.

Das Aftershave kenne ich.

„Moritz, bist du es?", flüstere ich.

„Ja, Lea, ich bin es."

Wir küssen uns, seine Anwesenheit gibt mir Sicherheit.

„Vorsicht, die Vorspeise von rechts", höre ich eine weibliche Stimme.

Jemand führt meine Hand zu meinem Teller. Wohlwissend, dass mich niemand sieht, wenn ich mit den Fingern esse, verzichte ich auf Messer und Gabel.

Mmh, die Vorspeise schmeckt lecker. Ich tippe auf eine mit Gemüse gefüllte Frühlingsrolle. Die Sauce, die daneben stehen soll, lasse ich weg, dann kann ich auch nicht kleckern.

Der erste Gong ertönt.

Stimmengewirr, Rücken der Stühle, die Männer scheinen von ihren „sehenden" Helfern abgeholt zu werden. Wir Damen dürfen sitzen bleiben und sind auf die neuen Tischnachbarn gespannt.

[Moritz:]

Daniel fordert mich auf, aufzustehen. Ich halte mich an seinen Schultern fest und gehe mit ihm zum nächsten Tisch.

Kaum sitze ich, geht's los. Bea links und Tina rechts, wie sie mich sofort wissen lassen, erwarten mich.

„Lass dich verführen", haucht mir Bea ins Ohr.

Eine Hand streicht mir durchs Haar, tastet sich über meine Schulter direkt zur Brust, knöpft mein Hemd auf, zupft an meiner Brustwarze.

„Autsch", ein kurzes Petzen schreckt mich auf.

Ziemlich entschlossen, die Dame. Wird sie sich an meinem besten Stück vergehen?

Ich erforsche Tinas üppigen Busen zu meiner Rechten. Körbchen Größe C, vermute ich. Mittellanges Haar, ihr Kleid scheint beim Sitzen hoch gerutscht zu sein, ich fühle ihre nackten Schenkel.

Ups, was ist das? Ihr rechter Nachbar scheint ebenfalls sehr aktiv zu sein. Ich berühre seine Hand, die sich – wie es scheint - in ihrem Schritt vergräbt.

Bea wendet sich mir wieder zu, küsst meinen Hals. Sofort spüre ich ihre Zunge, als sie meinen Kopf zu sich dreht. Ihre Küsse schmecken nach mehr.

GONG – Tischwechsel.

Jetzt schon? Gerade in Fahrt gekommen, wird unser Spiel beendet. Die Runde erschien mir sehr kurz.

Tina von rechts stört das wenig. Ihre Hände massieren meinen mittlerweile steifen Schaft, sie versucht den Reißverschluss meiner Hose zu öffnen. Erst jetzt fällt mir ein, dass wir unsere Vorspeise nicht gegessen haben.

Moritz, du bist nicht zum Essen hier, beruhige ich mich und genieße den Moment, als meine Mannespracht freigelegt wird.

„Darf ich Sie bitten nun den Platz zu wechseln", erinnert mich Daniel, der nicht locker lässt.

Schade. Mit einem kurzen „Tschüss die Damen", lasse ich mich zum nächsten Tisch bringen.

[Lea:]

„Guten Abend, wer bist du geheimnisvolle Lady?", fragt mich der Herr zu meiner Linken, der zart mit seinen Händen über meine Beine streichelt. Neugierig lasse ich ihn gewähren, rücke ein wenig zu ihm, lege meinen Arm um seine Schulter.

Noch etwas unsicher, ertaste ich seinen Körper. Breite Schultern, feste Oberarme. Sein Hemd sitzt stramm, ich kann seine Muskeln darunter erahnen. Sein Duft ist männlich, exklusiv, anregend. An einem Arm trägt er ein breites Lederband wie Moritz.

„Hallo, ich bin Lea."

Seine Hand geht weiter auf Entdeckungsreise. Leicht streicht er über meine Wange, meinen Hals, mein Dekolleté.

„Du fühlst dich wunderbar an, Lea."

„Vielen Dank, du auch?" verlegen beginne ich, ihn zu küssen, diesen Fremden, den ich nicht einmal sehe. Wie er wohl aussieht?

Sei nicht so schüchtern, Lea. Zeige ihm, wie leidenschaftlich du bist.

Unsere Zungen verschmelzen, unsere Küsse werden intensiver. Leichte Gänsehaut durchzieht meinen Körper in dieser reizvollen Situation.

Wir drehen uns zueinander, er umarmt mich, hält mich fest, spielt abwechselnd an meinen Brüsten.

Meine Brustwarzen bäumen sich auf, pressen in ihrem harten Zustand gegen den dünnen Stoff meines Kleides.

„Gefällt dir das?", fragt er achtsam, zupft dabei weiter an meinen Nippeln.

„Ja, sehr", gestehe ich.

„Du fühlst dich toll an. Du bist sehr erotisch und sinnlich. Ich will mehr von dir", schmeichelt er mir.

„Hol dir, was du begehrst", platzt es aus mir heraus.

Ohne zu wissen warum, zieht mich dieser Mann magisch an.

Er versteht meine Anspielung, schiebt mein Kleid hoch, bahnt sich seinen Weg zwischen meine Beine. Ich habe das Gefühl zu zerfließen, als seine Finger gefühlvoll in mich eintauchen, mir stockt der Atem. Eine riesige Flutwelle tobt in mir. Unablässig spüre ich seine Ekstase.

„Ich würde so gerne in dich eindringen, jetzt und hier, dich hören, wenn du vor Lust laut aufschreist."

Mein Körper zuckt im Rhythmus seiner Begierde...

GOONGGG!

Nein, jetzt nicht. Ich kann es nicht fassen. Schnell werden wir wieder in die Gegenwart zurückgeholt. Langsam lässt er von mir ab, küsst mich auf die Stirn.

„Schade, Lea, es ist Zeit, ich muss gehen", ein letzter Kuss, dann steht er auf und ist weg.

Wer ist er? Ich will ihn wiedersehen.

In diesem Moment fällt mir ein, dass ich vergessen habe, nach seinem Namen zu fragen.

„Wie heißt du eigentlich?", ruf ich schnell nach.

Keine Antwort. Enttäuscht sitze ich da.

[Moritz:]

Achtundzwanzig Schritte, zähle ich.

„Achtung wir sind da!", fürsorglich stellt mich Daniel an den Tisch und wartet, bis ich sitze.

„Guten Abend, ich bin Moritz."

Keine Antwort.

Stattdessen werde ich mit vielen kleinen Küssen empfangen – am Ohr, am Hals, auf meine Wangen. Ich lege meinen Kopf nach hinten, um mehr zu erhaschen.

Eine Dame – sie stellt sich als Julia vor - zögert nicht lange, nimmt meine Hand und führt sie an ihre nackten Brüsten.

„Spiel an meinen Nippeln", fordert sie mich auf.

Nichts lieber als das. Beherzt ziehe ich an ihren Warzen. Sie stöhnt auf.

„Fester, du kannst ruhig fester ziehen", beharrt sie.

Aha! Sie liebt solche Spielchen.

Hoppla, eine Hand fasst auf einmal zwischen meine Beine. Ich zucke zusammen. Erste Schweißperlen bilden sich auf meiner Stirn. Die beiden heizen mir kräftig ein.

„Lass mich auf deinen Schoß setzen", eine von ihnen versucht, sich Platz zu verschaffen.

Ich rücke meinen Stuhl nach hinten, spüre ihren Hintern.

Energisch packe ich von hinten an ihre großen Brüste, die aus ihrer Korsage quellen.

„Setz dich wieder auf deinen Stuhl", befiehlt die eine der anderen, „jetzt bin ich wieder dran."

Autsch, was ist jetzt? Ruckartig wird der Reißverschluss meiner Hose geöffnet, mein pralles Glied verschwindet sofort im Mund einer der Ladies. Fuck, ist das geil.

Was für zwei Wildkatzen, damit habe ich nicht gerechnet. Ob sie mich auffressen?

Die Stimmung ist auf dem Höhepunkt. Lautes Gelächter, Stöhnen, Stimmengewirr. Die Hintergrundmusik ist kaum zu hören. Mein Kopfkino springt an:

Ich liege auf einem großen Day-Bett am Strand, genieße den Blick auf das Meer mit seinem türkisfarbenen Wasser. Eine leichte Sommerbrise weht.

Zwischen bunten Kissen aalen sich wunderschöne Frauen, alle sind leicht bekleidet, ihre Brüste blitzen durch ihre durchsichtigen Kleidchen.

Ihre Hände streicheln zart meinen nackten Körper, ihre Brüste gleiten über mein Gesicht. Ihr süßer Duft, ihr leises Stöhnen, dazu stimmungsvolle Musik lassen meine Seele baumeln.

Nehmt euch, was ihr kriegen könnt, ihr wunderschönen Geschöpfe.

Meine Lust ist nicht mehr zu kontrollieren. Abgetaucht im Rausch der Sinne, dauert es nicht lange, bis ich mich wie ein brodelnder Vulkan entladen will.

GOOONNNNGGGG!

Als hätte jemand an einer Reißleine gezogen, werde ich an die Oberfläche der Realität katapultiert.

„Nicht aufhören", flehe ich, halte ihren Kopf fest, damit sie mir nicht entkommen kann. Doch es hilft nichts.

Abrupt lässt meine Spielgefährtin von mir ab.

„Ich muss dich leider bitten, das Spiel sofort einzustellen und mitzukommen. Du kennst die Regeln", die nüchternen Worte von Daniel, der mich an der Schulter nimmt, treffen mich wie ein Schlag.

[Lea:]

Meine Enttäuschung lässt mich nicht los. Wieso habe ich ihn nicht nach seinem Namen gefragt? Wie soll ich herausfinden, wer er war?

Gedankenverloren sitze ich am Tisch, höre das Rücken der Stühle, stelle mir vor, wie der Unbekannte mich zum Höhepunkt getrieben hätte.

„Hallo ich bin Tim und du?", höre ich eine Stimme von rechts.

Ich schrecke auf. Neue Tischnachbarn haben längst Platz genommen.

„Ich heiße Lea."

„Ist schon interessant, so ein Dinner, oder?", fragt er, „Ja, ziemlich", kann ich ihm noch antworten, dann

werden seine Worte immer leiser, bis sie ganz verschwunden sind.

Lieber Unbekannte, höre ich mich sagen, nackt und
wollüstig liege ich vor dir. Mein Venushügel – glatt
und zart – sehnt sich nach deiner weichen Zunge, auf
die mein süßer Nektar tropfen soll.

Bin das wirklich ich?

*Ja, Lea. Das bist du. Dein Verlangen, diesen fremden
Mann zu spüren, ist groß. Du sehnst dich nach erotischen
Abenteuern.*

Meine innere Stimme hat recht.

„Lea, hörst du mir überhaupt zu?"

„Ja, ja, Tim", spiele ich ihm vor und versuche, mein
Dessert zu ertasten.

So lecker es ist, kann es mich nicht über meine ver-
patzte Chance mit dem Unbekannten hinweg trösten.

[Moritz:]

Daniel bringt mich zu meinem letzten Tisch. Kaum
sitze ich, zieht mich jemand von links zu sich. Fremde
Hände ertasten mein Gesicht, meine Haare, wandern
über meine Brust zum Bauch.

„Hallo, ich bin Hannah. Wie ich fühlen kann, bis du Sportler?", bemerkt sie schmeichelhaft.

Blitzschnell öffnet sie meine Hose, befreit mein erregtes Glied. Ich bin erleichtert, kann den ständigen Reizen des heutigen Abends nicht länger standhalten. Genüsslich lehne ich mich zurück und genieße.

„Jetzt bin ich dran, Süßer", Hannah führt entschlossen meine Hand zwischen ihre Schenkel.

Wie es scheint, hält sie es ebenfalls nicht mehr länger aus. Hat man(n) sie vielleicht zappeln lassen wie mich?

Warm und feucht empfängt mich ihre heiße Höhle. Ihren nassen Slip schiebe ich zur Seite. Unbeirrt dringe ich mit meinem Finger in sie ein während mein Daumen ihre Perle liebkost. Wild und entschlossen schiebt sie mir ihr Lustzentrum entgegen. Leidenschaftliche Küsse, lautes Stöhnen, mein Schwanz bebt. Erste Lusttropfen zeigen sich an der Oberfläche.

„Nimm deine Augenmaske ab, ich will dich sehen", stürmisch und ungezügelt zieht sie mich näher an sich heran.

„Habt ihr euer Dessert schon gegessen", die zarte Stimme meiner anderen Tischnachbarin lässt uns zusammenzucken.

„Wie bitte?", fragt Hannah fassungslos.

„Euer Dessert, wie hat es euch geschmeckt?", fragt sie erneut.

„Ich bin mit meinem Süßen hier noch nicht fertig", lacht sie schallend und packt ein letztes Mal beherzt an meinen Schwanz.

„Schade Schätzchen, dich hätte ich gerne vernascht", lässt sie mich beim letzten Gongschlag wissen.

***

Daniel führt mich zurück zum Barbereich.

„Zu deiner Linken steht deine Frau", klärt er mich auf.

Meine Hand streckt sich nach Lea aus.

„Hallo mein Schatz", ich drücke sie eng an mich.

Unsere Küsse sind tief und innig.

Weitere Paare werden an unseren Tisch gebracht, die aufgeladene Stimmung immer noch zu spüren.

„Daniel, einen starken Whisky bitte", nach dem geilen Erlebnis mit meiner heißblütigen Tischnachbarin brauchen meine Nerven dringend einen kräftigen Schluck zur Beruhigung.

[Lea:]

„Liebe Lea, es ist Zeit zu gehen. Bitte folge mir an die Bar", höflich werde ich von einer männlichen Stimme aufgefordert, mitzukommen.

„Du siehst unglaublich erotisch aus. Es war ein Genuss, dich heute Abend zu beobachten", lässt mich mein Begleiter wissen. Er genoss es sichtlich, sehen zu können.

„Darf ich dir etwas zu Trinken bringen?"

„Einen kräftigen Rotwein, bitte."

Meine Gedanken schwirren wie ein Schwarm Moskitos umher.

Ich spüre noch immer das Verlangen in mir, einen wildfremden Mann zum Höhepunkt zu treiben.

***

Der letzte Gong des Abends ertönt!

„Liebe Gäste, der offizielle Teil ist nun vorbei. Wer möchte kann seine Augenmaske abnehmen", ertönt Renès Stimme.

Ich zögere, bin mir nicht ganz sicher, ob ich das will.

„Lea, was ist, willst du nicht sehen, wo du bist?"

„Doch Moritz," antworte ich und nehme meine Augenmaske langsam ab.

Ich schaue mich um. Wir stehen mitten in einer stylischen Bar, daneben ist eine Kamin-Lounge: vor dem massiven Kamin stehen bequeme Chesterfield-Sessel, daneben eine französische Kamin-Uhr mit Beistellleuchter, von der Decke strahlt ein achtarmiger Kerzenleuchter.

Die Aufregung ist groß, als alle Gäste ihre Augenbinden abgenommen haben, angeregte Gespräche in allen Ecken.

Neugierig schaue ich mir die Männer an, die alle ein sehr gepflegtes Äußeres haben, versuche, Stimmen herauszuhören. Unmöglich bei dieser Lautstärke.

Als wir etwas später an der Kamin-Lounge vorbei zum Ausgang gehen, fällt mir ein leicht gebräunter gut aussehender Herr auf. Er raucht eine Zigarre, hebt den Arm, um sein Glas vom Kamin zu nehmen.

Da sehe ich es, das Lederarmband.

Er schaut mich an und grinst.

***

Zurück im Hotel, trinken wir ein Gläschen auf unser Abenteuer, tauschen unsere Erlebnisse aus.

In der Anonymität der Dunkelheit, in der eigene Phantasien zum Leben erweckt werden, fällt es mir leichter, abzuschalten und mich fallen zu lassen.

„Moritz, küss mich", angetrieben von der Macht meiner unanständigen Gedanken, überkommt mich das Verlangen, ihn tief in mir spüren zu wollen.

Während wir lustvoll unserem Folie à deux, unserem Wahnsinn zu zweit, entgegenfiebern, geht draußen die Sonne auf.

***

Nachwort

Prosecco oder stilles Wasser – wie prickelnd ist deine Partnerschaft?

Damals zu Beginn Deiner Partnerschaft war alles ganz anders? Du hattest Schmetterlinge im Bauch und Sex war die schönste Nebensache der Welt?

Im echten Leben enden Lovestories anders – sie starten in Phase zwei mit Ehealltag, Kindern und Langeweile.

Dieses Buch ist allen Menschen gewidmet, die neuen Schwung in ihre Partnerschaft bringen wollen und den Mut haben, gemeinsam über ihre erotischen Wünsche und Träume zu sprechen.

Inspiriert durch meine Arbeit als Beziehungsexpertin, beschreibt dieser Roman den typischen Beziehungsalltag vieler Paare. Er ist gespickt mit einer Brise Leichtigkeit, Humor und viel Phantasie.

Die Personen und Orte dieses Romans sind frei erfunden, jegliche Ähnlichkeiten sind rein zufällig.

Du hast Fragen oder Anmerkungen zum Buch oder benötigst einen Beziehungstipp? Egal, ob kurz vor der goldenen Hochzeit oder frisch vermählt. Verheiratet oder nicht.

Besuche mich im Internet:

www.natale-weber.de

Birgit Natale-Weber
Florstadt, im September 2017

Zeitfracht Medien GmbH
Ferdinand-Jühlke-Straße 7
99095 Erfurt, Deutschland
produktsicherheit@kolibri360.de